조선후기 통신사 필담창화집 번역총서 30

和韓筆談 薰風編

화한필담 훈풍편

조선후기 통신사 필담창화집 번역총서 30

和韓筆談 薰風編

화한필담 훈풍편

기태완 역주

보고사

이 역서는 2008년도 정부재원(교육과학기술부 학술연구조성사업비)으로 한국연구재단의 지원을 받아 연구되었음(KRF-2008-322-A00073)

이 번역총서는 2012년도 연세대학교 정책연구비(2012-1-0332) 지원을 받아 편집되었음.

차례

일러두기 / 7

해제
화한필담 훈풍편(和韓筆談 薰風編) ··· 9

◇ **화한필담 훈풍편 권상 和韓筆談 薰風編 卷上**

번역
화한필담 훈풍편 권상 ··· 13

원문
和韓筆談 薰風編 卷上 ··· 50

◇ **화한필담 훈풍편 권중 和韓筆談 薰風編 卷中**

번역
화한필담 훈풍편 권중 ··· 69

원문
和韓筆談 薰風編 卷中 ··· 98

◇ 화한필담 훈풍편 권하 和韓筆談 薫風編 卷下

번역
화한필담 훈풍편 권하 ·· 113

원문
和韓筆談 薫風編 卷下 ·· 163

◇ 영인자료 [우철]

和韓筆談 薫風編 ··· 320

　和韓筆談 薫風編 卷上 ·· 318

　和韓筆談 薫風編 卷中 ·· 270

　和韓筆談 薫風編 卷下 ·· 240

18세기 필담창화집의 양상과 교류 담당층의 변화 / 323

조선후기 통신사 필담창화집 번역총서를 간행하면서 / 361

일러두기

1. 통신사 필담창화집 번역총서는 제1차 사행(1607)부터 제12차 사행(1811) 까지, 시대순으로 편집하였다.

2. 각권은 번역문, 원문, 영인자료(우철)의 순서로 편집하였다.

3. 300페이지 내외의 분량을 한 권으로 편집하였으며, 분량이 적은 필담 창화집은 두 권을 합해서 편집하고, 방대한 분량의 필담창화집은 권을 나누어 편집하였다.

4. 번역문에서 일본 인명과 지명은 한국 한자음 그대로 표기하고, 처음 나오는 부분의 각주에 일본어 발음을 표기하였다. 그러나 번역자의 견 해에 따라 본문에서 일본어 발음대로 표기를 한 경우도 있다.

5. 번역문에서 책명은 『 』, 작품명은 「 」로 표기하였다.

6. 원문은 표점 입력하였는데, 번역자의 의견에 따라 표기하는 것을 원칙 으로 하였지만, 가능하면 한국고전번역원에서 정한 지침을 권장하였 다. 이 경우에는 인명, 지명, 국명 같은 고유명사에 밑줄을 그어 독자 들이 읽기 쉽게 하였다.

7. 각권은 1차 번역자의 이름으로 출판되었는데, 최종연구성과물에 책임 연구원과 공동연구원의 이름이 반드시 들어가야 한다는 한국연구재단 의 원칙에 따라 최종 교열책임자의 이름으로 출판되는 책도 있다.

8. 제1차 통신사부터 제12차 통신사에 이르기까지 필담 창화의 특성이 달라지므로, 각 시기 필담 창화의 특성을 밝힌 논문을 대표적인 필담 창화집 뒤에 편집하였다.

화한필담 훈풍편(和韓筆談 薰風編)

본 책은 무진년(1748) 6월에 조선통신사가 강호성(江戶城) 동쪽 본원사(本願寺) 객사(客舍)에서 머물 때 일본 문인들과 주고받은 필담 및 수창한 시편들이다.

책의 구성은 상권과 하권, 부록으로 되어있다. 강호(江戶) 사람 산궁설루(山宮雪樓)가 편찬한 것이다. 그의 이름은 유심(惟深), 자는 중연(仲淵), 호는 설루(雪樓). 실구소(室鳩巢)·삼택상제(三宅尙齊)의 설을 신봉했다. 관직은 구전후유(龜田侯儒)를 지냈다.

필담과 창수에 참여한 조선 통신사 일행은 정사(正使) 홍계희(洪啓禧), 부사(副使) 남태기(南泰耆), 종사(從事) 조명래(曹命來), 학사(學士) 박경행(朴敬行), 서기(書記) 이봉환(李鳳煥)·유후(柳逅)·이명계(李命啓), 양의(良醫) 조숭수(趙崇壽) 등이고, 일본 인사는 산궁설루(山宮雪樓) 등이다. 상권, 중권, 하권은 모두 설루가 조선 통신사와 주고받은 시문들이고, 부록 상하권은 조선통신사가 동무(東武)에 머물 때의 설루 등 몇몇 일본 인사들과 주고받은 시문들이다.

본 책은 산궁설루가 조선통신사 일행과 수창한 개인 문집이라 할 수 있다. 중권에 붙어있는 산궁설루의 「설루기(雪樓記)」는 산궁설루의

자신의 인생관을 표명한 글로서 설루의 인간 됨됨이를 살펴볼 수 있
는 자료라고 하겠다.

화한필담 훈풍편 권상

和韓筆談 薫風編 卷上

화한필담 훈풍편 권상

산관선생(山官先生) 저(著), 화한필담(和韓筆談) 훈풍편(薫風編)
동무서사문창각수재(東武書肆文昌閣壽梓)

왜한필담(倭韓筆談) 훈풍편서(薫風編序)

『훈풍(薫風)』을 편찬한 사람은 우리 설루선생(雪樓先生)[1]인데, 조선의 제자(諸子)들과 좌석 사이에서 필설(筆舌)로써 양국의 정상(情狀)을 크게 통한 것이다. 대개 전적(典籍)·제도(制度)·학술 등의 대화에서부터 사조수창(詞藻唱酬)의 편(篇)까지 하나라도 갖추어지지 않은 것이 없다. 아! 박(朴)·이(李) 제자(諸子)들은 상국(上國)에서 관광(觀光)하고, 선생과 서로 만나 경개(傾蓋)했는데, 구학(舊學)의 동지(同志)처럼 합치하여 마음에 거슬림이 없었으니 얼마나 행운이었던가? 제자들은 마침내 선생을 도(道)로써 칭송하고, 그 동쪽을 충분히 알았다고 했다. 양쪽 땅은 비록 다르지만, 군자(君子)의 마음은 서로 합치하지 않은 적이 없는 바

---

1 설루선생(雪樓先生) : 산궁설루(山宮雪樓), 강호(江戶) 사람. 이름은 유심(惟深), 자는 중연(仲淵), 호는 설루(雪樓). 실구소(室鳩巢)·삼택상제(三宅尚齊)의 설을 신봉했다. 관직은 구전후유(龜田侯儒)를 지냈다. 향보(享保) 연간의 사람.

이다. 나 전칙(典則)도 또한 한 차례 선생을 수행하여 한국의 제자들과
창수(唱酬)했는데, 그들과 선생이 학문으로써 상우(相遇)[2]하는 실질을
친히 보았다. 선생이 한인들과 대화한 것은 모두 세 번이다. 아침부터
저녁까지 피곤해 하지 않고, 필화(筆話)가 언덕을 이루고, 창수(唱酬)가
상자에 가득 찼다. 한인들이 번(番)으로 돌아간 후, 우리 무리의 제자(諸
子)들이 함께 기록하여 3책을 이루었다. 이에 그 책을 선생께 받들어
보이고, 책의 이름을 지어주기를 청했다. 선생은 『훈풍편(薰風編)』이라
고 이름을 지어주었다. 문인(門人) 소자(小子)들마다 그것을 향유하고,
공벽자(拱璧者) 또한 우리 무리의 성냄을 풀어줄 수 있을 것이다.

연향(延享) 무진(戊辰)년 6월 16일.

문인(門人) 무장상월전칙공이보(武藏上月典則公貽甫)가 삼가 서를 쓰다.

연향(延享) 무진(戊辰)년, 조선인(朝鮮人)이 내조(來朝)했는데, 그 성명
과 자호(字號)를 약술한다.

정사(正使) : 통정대부(通政大夫)·이조참의(吏曹參議)·지제교(知製教)
홍계희(洪啓禧), 자는 순보(純甫), 호는 담와(澹窩), 남양인(南陽人), 나이 46
세.

부사(副使) : 통훈대부(通訓大夫)·행홍문관전한(行弘文館典翰)·지제교
(知製教) 겸 경연시독관(經筵侍讀官)·춘추관편수관(春秋館編修官) 남태기
(南泰耆), 자는 낙수(洛叟), 호는 죽리(竹裡), 의녕인(宜寧人), 나이 50세.

종사(從事) : 통판대부(通訓大夫)·홍문관교리(弘文館校理)·지제교(知製

---

2 상우(相遇) : 상합(相合).

敎) 겸 경연시독관(經筵侍讀官)·춘추관기주관(春秋館記注官) 조명채(曹命采), 자는 주경(疇卿), 호는 난곡(蘭谷), 창녕인(昌寧人), 나이 49세.

상상관(上上官) : 첨지(僉知) 박상순(朴尙淳), 자는 자순(子淳), 호는 죽창(竹窓), 나이 49세.

상상관 : 첨지 현덕연(玄德淵), 자는 이심(李深), 호는 소와(疏窩), 나이 55세.

상상관 : 홍성구(洪聖龜), 자는 대년(大年), 호는 수암(壽巖), 나이 51세.

상판사(上判事) : 첨정(僉正) 정도행(鄭道行), 자는 여일(汝一), 호는 정암(靜庵), 나이 55세.

상판사 : 부훈도(訓導道) 이창기(李昌基), 자는 대경(大卿), 호는 광탄(廣灘), 나이 53세.

상판사 : 주부(主簿) 김홍철(金弘喆), 자는 성수(聖叟), 호는 보진재(葆眞齋), 나이34세.

제술관(製述官) : 전적(典籍) 박경행(朴敬行), 자는 이칙(仁則), 호는 구헌(矩軒), 나이 39세.

정사서기(正使書記) : 봉사(奉事) 이봉환(李鳳煥), 자는 성장(聖章), 호는 제암(濟庵), 나이 39세.

부사서기(副使書記) : 봉사 유후(柳逅), 자는 자상(子相), 호는 취설(醉雪), 나이 59세.

종사서기(從事書記) : 진사(進士) 이명계(李命啓), 자는 자문(子文), 호는 해고(海皐), 나이 35세.

차상판사(次上判事) : 황대중(黃大中), 자는 정숙(正叔), 호는 창애(蒼崖), 나이 34세.

(일작(一作) 판관(判官) 박종대(朴宗大))

차상판사 : 부사맹(副司猛) 현대형(玄大衡), 자는 치구(穉久), 호는 장호(長湖), 나이 31세.

압물판사(押物判事) : 판관(判官) 황후성(黃垕成), 자는 대이(大而), 호는 경암(敬庵), 나이 54세.

압물판사 : 첨정(僉正) 최학령(崔鶴齡), 자는 군성(君聲), 호는 방호(芳滸), 나이 39세.

압물판사 : 주부(主簿) 최수인(崔壽仁), 자는 대래(大來), 호는 미곡(美谷), 나이 40세.

압물판사 : 판관 최숭제(崔嵩齊), 자는 여고(如高), 호는 수암(水庵), 나이 59세.

양의(良醫) : 조숭수(趙崇壽), 자는 경로(敬老), 호는 활암(活庵), 나이 44세.

의원(醫員) : 조덕조(趙德祚), 자는 성재(聖哉), 호는 성재(松齋), 나이 40세.

의원 : 김덕윤(金德崙), 자는 자상(子相), 호는 탐현(探玄), 나이 46세.

사자관(寫字官) : 동지(同知) 김천수(金天壽), 자는 군실(君實), 호는 자봉(紫峯), 나이 40세.

사자관 : 호군(護軍) 현문구(玄文龜), 자는 기숙(耆叔), 호는 동암(東岩), 나이 38세.

화원(畵員) : 주부(主簿) 이성린(李聖麟), 자는 덕후(德厚), 호는 소재(蘇齋), 나이 30세.

정사군관(正使軍官) : 학사(學士)(이 관직은 의심스럽다) 홍해(洪海)

정사군관 : 동지(同知) 백휘(白輝)

정사군관 : 창성부사(昌城府使) 조동진(趙東晋)

정사군관 : 죽산부사(竹山府使) 김계악(金桂岳)

정사군관 : 감찰(監察) 이백령(李伯齡)

정사군관 : 즉청(卽廳) 이홍유(李鴻儒)

정사군관 : 동지(同知) 김수정(金壽鼎)

부사군관(副使軍官) : 즉청(卽廳) 남행명(南行明)

부사군관 : 사과(司果) 윤세좌(尹世佐)

부사군관 : 선전관(宣傳官) 전의국(田醫國)

부사군관 : 선전관 이적(李摘)

부사군관 : 선전관 이방일(李邦一)

부사군관 : 내승(內乘) 이일제(李逸濟)

부사군관 : 첨지 임세재(林世載)

종사군관 : 사과(司果) 이희춘(李喜春)

종사군관 : 함양부사(咸陽府使) 이주국(李桂國)

종사군관 : 선전관 조명걸(曹命傑) (이상은 상관(上官)이다.)

별파진(別破陳) 2인, 마상재(馬上才) 2인, 이마(理馬) 2인, 반당(伴倘) 3인, 기선장(騎船將) 3인. (위는 차상관(次上官)이다.) 도훈도(都訓導) 3인, 복선장(卜船將) 3인, 예단직(禮單直) 3인, 청직(廳直) 3인, 반전직(盤纏直) 3인, 소통사(小通事) 10인, 소동(小童) 16인, 삼사노자(三使奴子) 6인, 일행노자(一行奴子) 46인, 급창(吸唱) 6인, 사령(使令) 8인, 취수(吹手) 18인, 도척(刀尺) 6인, 포수(炮手) 6인, 독봉지(纛奉持) 2인, 절월봉지(節鉞奉持) 4인, 기수(旗手) 8인. (위는 중관(中官)이다.)

기복선사(騎卜船沙) 24인. 기타하관(其他下官) 248원(員).

통계(通計) 4백 80인.

(위는 연향(延享) 4년 정묘(丁卯) 겨울 11월에 조선(朝鮮)을 출발하여, 5년 봄 2월에 대마(對馬)에 도착했다. 4월 21일에 낭화(浪華)에 이르렀고, 5월 삭일(朔日)에 경사(京師)에 도착했다. 21일에 강호(江戶)에 도착하고, 6월 삭(朔)에 대장군(大將軍) 막하(幕下)에 알현했다. 13일에 강호(江戶)를 출발했다.)

이상의 인명은 선본(善本)을 얻어서 교감하여 베껴서, 이 편수(編首)에 붙여서 궁향(窮鄕)의 인사들에게 편리하게 한 것이다.

동도서림(東都書林) 문창각주인(文昌閣主人) 수원상업(須原常業)이 적다.

화한필담 훈풍편 권상

연향(延享) 무진년(戊辰年)에 조선국왕(朝鮮國王) 이금(李昑)이 그 통정대부(通政大夫) 홍계희(洪啓禧)·통훈대부(通訓大夫) 남태기(南泰耆)·조명채(曺命采) 등을 파견하여 내조(來朝)했다. 제술관(製述官) 박경행(朴敬行)(자는 인칙(仁則), 호는 구헌(矩軒), 나이 39세)·서기(書記) 이봉환(李鳳煥)(자는 성장(聖章), 호는 제암(濟庵), 나이 39세)·유후(柳逅)(자는 자상(子相), 호는 취설(醉雪), 나이 59세)·이명계(李命啓)(자는 자문(子文), 호는 해고(海皐), 나이 35세) 등이 수행했다. 유심(維深)은 대마서기(對馬書記) 기국서(紀國瑞)(자는 백린(伯麟), 호는 난암(蘭庵), 일성(一姓)은 아비류씨(阿比留氏))의 소개로 인하여 박(朴)·이(李) 3사람과 강호성(江戶城) 동쪽 본원사(本願寺) 객사(客舍)에서 해후했다. 유자상(柳子相)은 병이 있어서 모이지 못했다. 박(朴)·이(李) 3사람과 연일 서로 기뻐하며 필어(筆語)가 언덕으로 쌓이고, 창수(唱酬)가 적지 않았다. 한두 문인(門人)이 마침내 이를 베껴서 3책(策)으로 만들어서 영원히 타일의 감상으로 갖추고자 했다. 때가 바야흐로 성하(盛夏)였기 때문에 훈풍(薰風)으로 이름 지은 것이다. 다른 뜻은 없다.

의무장(義武藏) 산궁유심(山宮維深)이 적다.

또 적다(又識)

유심(維深)의 문인(門人) 소자(小子)들 몇 무리가 이 편(編)을 기록하여 이미 마쳤을 때, 서림(書林) 수원상업(須原常業)이 상월공이생(上月公貽生)에게 가서 그 제작을 요청했는데, 연이은 요청을 그치지 않았다. 유심이 웃으면서 말하기를 "이 편(編)은 다만 후일의 감상으로 돌릴 뿐이다. 감히 천하에 전하려고 하지 않는데, 무엇 때문에 출판을 할 것인가?"라고 했다. 문인(門人)들이 옳지 않다고 여기고, 마침내 동무(東武)에서 그것을 계획했다. 출판이 이미 완성되었을 때, 유심은 희로(姬路)의 부름에 응하여서, 세상에 그것이 통행됨을 보지 못하고 번(藩)으로 길을 떠났다. 책이 완성되자, 마침내 여러 동지(同志)들에게 공포하고자 했다. 어찌 나의 뜻이겠는가? 저들 두세 사람의 뜻일 뿐이다. 때는 관연(寬延)[3] 원년(元年 : 1748) 무진(戊辰) 가을 8월이다.

---

3 관연(寬延)일본 116대 도원천황(桃園天皇)의 연호(1748~1751).

○품(稟) (6월 4일, 아래도 동일하다.) 　　　　　　　　　　　설루(雪樓)

　저는 성이 산궁(山宮)이고, 이름은 유심(維深)이고, 자는 중연(仲淵)이고, 무장주(武藏州) 강호부(江戶府) 사람입니다. 어려서 등원심장(藤原深藏)·하구자심(河口子深)과 함께 구소(鳩巢)[4]선생을 사사(師事)했습니다. 약관(弱冠)에는 경사(京師)에 유학(遊學)하여 유수우신(留守友信) 등과 함께 상재(尙齋)[5]선생을 사사했습니다. 돌아온 후 구전후(龜田侯)를 섬겼습니다. 지금은 벼슬을 사임하고, 성북(城北)에서 독서하고 있습니다. 호는 백설루(白雪樓)인데, 또 묵양(默養)이라 칭합니다. 오직 주부자(朱夫子)[6]·설문청(薛文淸)[7]과 귀국(貴國)의 퇴계(退溪) 이씨(李氏)의 책을 읽을 줄만 알고. 산기(山崎)[8]선생과 상재(尙齋)선생의 유훈(遺訓)만을 따를 줄 압니다. 등(藤)·하(河)·유(留) 세 사람이 실진(室津)과 대판(大坂)과 이 관(舘)에서 제공(諸公)들과 만났다는 것을 이

---

4 구소(鳩巢) : 무로 규소(室鳩巢, 1658~1734). 주자학파의 유자. 15세에 가가(加賀) 번에서 관직 생활을 하였다. 아라이 하쿠세키(新井白石)와 나란히 키노시타 준안(木下順庵) 문하의 준재로 일컬어졌으며 도쿠가와 요시무네(德川吉宗)의 개혁 정치를 보좌하였다. 『의인록(義人錄)』 등을 저술하였다.
5 상재(尙齋) : 소창상재(小倉尙齋). 산구(山口) 사람. 이름은 정(貞), 자는 자조(子操), 호는 상재(尙齋). 이등탄암(伊藤坦庵)과 임봉강(林鳳岡)에게 배웠다. 정주(程朱)를 종(宗)으로 삼았다. 관직은 추번유(萩藩儒)를 지냈다. 원문(元文) 2년에 61세로 죽었다.
6 주부자(朱夫子) : 남송(南宋) 주희(朱熹).
7 설문청(薛文淸) : 명(明)나라 설선(薛瑄, 1389~1464), 자는 덕온(德溫), 호는 경헌(軒), 시호는 문청(文淸). 명나라의 저명한 유학자.
8 산기(山崎) : 야마자키 안사이(山崎闇齊, 1619~1683), 에도 전기의 유자, 주자학자, 신도가(神道家), 사상가. 이름은 가(嘉), 자는 경의(敬義), 통칭은 가우위문(嘉右衛門). 안사이는 호이다. 1665년에 아쓰(會津) 번주(藩主) 호나마사유키(保科正之)의 빈사(賓師)가 되어 정치에 조언하였다. 『문회필록(文會筆錄)』, 『왜감(倭鑑)』, 『수가문집(垂加文集)』 등의 저서를 남겼다.

미 들었기 때문에 저의 갈망(渴望)도 또한 이미 기약이 있었습니다.
지금 난암자(蘭庵子)의 소개로 인하여 식형(識荊)⁹을 얻었는데, 얼마
나 행운입니까? 저는 문장을 잘하지 못하고, 시도 잘 짓지 못합니다.
비록 그렇지만, 옛날에 상견(相見)할 때는 반드시 예물이 있었습니다.
지금 유독 예물을 빠뜨릴 수가 없어서, 칠언절구를 지어서 폐을 대신
하여 받들어 올립니다. 만약 제공들께서 석상에서 화답을 내려주신
다면 몹시 행운일 것입니다.

○복(復)   재암(濟庵)

지난번 중촌씨(中村氏)를 통하여, 족하(閣足)의 명성을 듣고 몹시
한 번 심기(心期)를 트고자 했습니다. 지금 분림(賁臨)¹⁰을 받으니 기
쁨이 소망 밖에서 나왔습니다. 귀국(貴國)의 문헌(文獻)은 아름답지
않음이 없습니다. 다만 경(經)의 도(道)를 말함에 있어서는 실로 주자
(朱子)에게 배치(背馳)됨이 많습니다. 심지어는 취모멱하(吹毛覓疵)¹¹
하여, 스스로 비부감수(蚍蜉撼樹)¹²의 과(科)로 귀속됨을 깨닫지 못합
니다. 저는 그것을 마음으로 한스러워 하지 않은 적이 없었습니다.
지금 족하께서 홀로 유경(遺經)을 껴안고, 정맥(正脉)을 순수하게 지

9 식형(識荊) : 처음 면식(面識)한다는 경칭. 이백(李白)의 「여한형주서(與韓荊州書)」에
   "제가 듣건대 천하의 담사(談士)들이 말하기를 '태어나서 만호후(萬戶侯)에 봉해지지 못하
   더라도, 다만 한형주(韓荊州 : 韓朝宗)를 한 번 면식하기를 바란다'고 했습니다"라고 했다.
10 분림(賁臨) : 광림(光臨).
11 취모멱하(吹毛覓疵) : 일부러 작은 하자를 찾아내는 것.
12 비부감수(蚍蜉撼樹) : 왕개미가 큰 나무를 흔들 듯이 스스로의 힘을 헤아리지 못하는 것.

킨다는 것을 들었습니다. 참으로 온 땅에 누런 싹이 나고, 홀로 수려한 고송(孤松)이라 할 만합니다. 몹시 성대하고, 몹시 성대합니다.

○품(稟)   설루(雪樓)

　제 친구 대판(大坂) 유수씨(留守氏)가 지난번에 이미 편지를 보내서 공(公)의 풍채를 칭송했습니다. 이 때문에 바라는 것이 깊어서, 하루를 보내는 것이 거의 일 년과 같았습니다. 지금 구름을 여는 소망을 이루니, 그 행운이 어찌 얕겠습니까? 동무(東武) 직학사(直學士) 등원형(藤原兄)은 제 친우입니다. 연정담사(研精覃思)[13]하여 경술(經術)에 뜻을 두고, 일찍이 해박(該博)한 문장으로써 세상에서 이름났습니다. 금일은 강악(講幄)의 지척에서 존지계옥(存志啓沃)[14]하고 있습니다. 전일에 이미 저를 위해 선용(先容)[15]했다는 것을 들었기 때문에 공의 청안(靑眼)[16]을 받들게 되었습니다. 이와 같으니, 또한 얼마나 간절합니까? 다만 성장(盛奬)의 지나침을 제가 감당할 수 없어서 몹시 부끄럽고, 부끄럽습니다.

13 연정담사(研精覃思) : 전심으로 연구하고 깊이 사고(思考)함.
14 존지계옥(存志啓沃) : 지향(志向)을 기탁하여 임금의 마음을 선도(善導)하는 것.
15 선용(先容) : 사전(事前)에 먼저 남을 소개하여 추천하는 것.
16 청안(靑眼) : 반기는 눈동자.

○복(復)   재암(濟庵)

겸손의 빛이 더욱 족하의 덕을 깨닫게 합니다.

○품(稟)(세 사람은 이때 식사하러 갔다)   구헌(矩軒)

  식사 후에 마땅히 조용히 토론할까 합니다. 부디 너그럽게 용납해
주시를 바랍니다.

○복(復)   설루(雪樓)

  마땅히 조용히 식서를 마치시고, 저 때문에 서두르지 마십시오.

○조선국 제술관 구헌 박공께 받들어 올리다
  奉呈朝鮮國製述矩軒朴公

                                                 설루(雪樓)

  훈풍이 사신의 옷에 두루 불고   薰風吹遍使臣衣
  의관에 조용히 덕의 광채가 자욱하네   冠帶從容藹德輝
  서방의 미인이 오기를 오래 바랐는데   久望西方美人至
  마음의 기약을 오늘 어기지 않았네   心期今日不相違

○산관 사백이 주신 운을 받들어 화답하다
奉和山官詞伯惠贈韻

구헌(矩軒)

적적[17]한 오잠[18]의 푸름이 옷에 가득하고	滴滴鰲岑翠滿衣
동쪽으로 온 정절에 찬란히 빛이 나네	東來旌節爛生輝
비단 닻줄 엄류하니 선기가 핍근한데	錦纜淹留仙氣逼
붉은 앵두의 고향 산을 저버림이 슬프네	朱櫻悵望故山違

○조선국 서기 제암 이공께 받들어 올리다
奉呈朝鮮國書記濟庵李公

설루(雪樓)

용문의 이군 수레를 본 것[19]이 얼마나 행운인가?	何幸龍門御李君
강성의 유월에 남쪽 훈풍이 일어나네	江城六月動南薫
상봉하여 비로소 빈객의 다름을 아니	相逢始識□賓異
한국 풍류는 원래 무리를 짓지 않네	韓國風流元不群

---

17 적적(滴滴) : 농욱(濃郁)한 모양.

18 오잠(鰲岑) : 전설 속의 큰 바다거북이 이고 있다는 삼신산(三神山)을 말함.

19 용문(龍門)의 이군(李君) 수레를 본 것 : 동한(東漢) 이응(李膺)에게 현명(賢名)이 있었는데, 당시 사대부들이 한 번 알현하는 것을 영광으로 삼아서 등용문(登龍門)이라고 했음. 순상(荀爽)이 이응을 배알하고, 아울러 그의 수레를 몰고서는 이를 자랑하였다고 함.

○산관씨에게 받들어 화답하다
奉和山官氏

제암(濟庵)

봉조[20]의 발소리 오래 그대를 기다렸는데　　蓬蓽跫音久待君
길인의 풍미에서 난 향기를 깨닫네　　吉人風味覺蘭薰
미친 물결을 밤낮으로 막을 수 없는데　　狂瀾日夜無由障
지주[21]가 정정하게 멀리 출중하네　　砥柱亭亭遙出群

○조선국 서기 해고공께 받들어 올리다
奉呈朝鮮國書記海皐李公

설루(雪樓)

내달리는 사모[22]가 성초[23]를 움직이고　　騑騑四牡動星軺
큰 바다의 배는 먼 것을 싫어하지 않네　　大海舟船不厭遙
양국의 새 벗들이 참으로 즐길 만한데　　兩國新知誠可樂
갈진[24]으로 만 곡[25]의 술을 일시에 비우네　　渴塵萬斛一時消

---

20 봉조(蓬蓽) : 쑥대와 명아주. 교외의 풀밭을 말함.
21 지주(砥柱) : 황하(黃河)의 급류 안에 있는 큰 바위산. 하남성 삼문협(三門峽)에 있음.
22 사모(四牡) : 수레를 끄는 네 필의 말.
23 성초(星軺) : 사자(使者)가 탄 수레.
24 갈진(渴塵) : 갈심생진(渴心生塵). 친구를 몹시 그리워하는 것. 당나라 노동(盧仝)의 〈訪含曦上人〉시에 "三入寺, 曦未來. 轆轤無人井百尺, 渴心歸去生塵埃"라고 했음.
25 곡(斛) : 열 말의 용량. 십두(十斗).

○백설루께서 주신 운을 받들어 화답하다
奉和白雪樓惠韻

해고(海皐)

은하수 오월에 신선 수레를 머무니	銀河五月駐仙軺
서자[26]의 산천이 먼 줄을 모르겠네	徐子山川不覺遙
백설루 앞에서 영곡[27]을 들으니	白雪樓頭聞郢曲
십년 훈혈[28]이 기쁘게 잠겨 사라지네	十年葷血喜潛消

○조선국 서기 취설 유공께 받들어 올리다
奉呈朝鮮國書記醉雪柳公

설루(雪樓)

해후하니 푸른 궁의 운무가 열리니	邂逅蒼宮雲霧開
시망[29]과 웅재를 깊이 알겠네	深知時望與雄才
사성이 동쪽으로 도니 덕성이 모이고	使星東轉德星聚
천상에서 인간 세상에 상서로운 기를 재촉하네	天上人間瑞氣催

(유공(柳公)은 병이 있어서 이 좌석에 있지 않았다.)

---

26 서자(徐子) : 서복(徐福), 서불(徐市). 전설에 진시황(秦始皇)의 명을 받고 불로초를 구
   하기 위해 선남선녀를 거느리고 동해의 삼신산을 찾으러 갔다고 함. 오사카에 그 유적이
   남아있다고 함.
27 영곡(郢曲) : 춘추시대 및 전국시대의 초(楚)나라 도성 영(郢)의 노래. 고상한 노래를
   말함.
28 훈혈(葷血) : 훈성(葷腥). 비린내.
29 시망(時望) : 당대의 명망.

○품(稟)   설루(雪樓)

　취설공(醉雪公)께 받들어 올리는 시를 공께서 전해주셨으면 하는
데, 허락해주시겠습니까?

○복(復)   해고(海皐)

　취설공은 노병(老病)으로 다른 곳에 있습니다. 이 시는 마땅히 전
하겠습니다. 그러나 화장(和章)이 늦을지 빠를지는 알 수 없습니다.

○품(稟)   설루(雪樓)

　화장(和章)의 늦고 빠름은 참으로 한스러운 바가 아닙니다. 다만
출발 전에 화장을 내려주시면 다행이겠습니다. 죄송하오나 공께서
그 뜻을 전해주시기 바랍니다.

　해고(海皐)가 찬성했다.

○전운을 다시 사용하여 구헌공께 받들어 올리다
　再用前韻奉呈矩軒公
                                                    설루(雪樓)

내면의 아름다움이 가득히 홑옷에 드러나고   內美紛盈透絅衣
하물며 다시 채색 붓이 밝은 빛을 토함에랴?   彩毫況復吐明輝

이방의 군자가 물처럼 맑으니　　　　　　殊方君子淡如水

지척에서 사교를 논하며 정이 어긋나지 않네　咫尺論交情不違

○다시 전운을 사용하여 제암공께 받들어 올리다
再用前韻奉呈濟庵公

설루(雪樓)

정사에 비 내린 후 문득 그대를 대하니　　精舍雨餘忽對君

온 당의 화락한 기운 속에 앉으니 향기 나네　滿堂和氣坐來薰

이날 들밭의 참새들을 스스로 비웃는데　自嘲此日野田雀

어린 새가 도리어 난봉의 무리를 따르네　黃口却隨鸞鳳群

○다시 전운을 사용하여 해고공께 받들어 올리다
再用前韻奉呈海皐公

설루(雪樓)

만 리 운산에 사자의 수레가 있는데　　萬里雲山使者軺

풍요를 관람하는 오찰[30]이 먼 것을 논하지 않네　觀風吳札不論遙

기쁨 받들고 삼사[31]를 초대하기 어려우니　奉歡難得招三舍

다만 앉아서 해가 지는 것을 한스러워하네　只恨坐來白日消

---

30 오찰(吳札) : 춘추시대 오(吳)나라 계찰(季札). 여러 나라에 사신을 가서 풍요(風謠)를
　관람하고 품평을 했음.

31 삼사(三舍) : 당나라 영호초(令狐楚)·왕애(王涯)·장중소(張仲素) 등을 일컫는 말. 모
　두 중서사인(中書舍人)이었음. 여기서는 조선 서기 세 사람을 말함.

○설루가 다시 사용한 운을 받들어 차운하다
奉次雪樓再疊韻
구헌(矩軒)

용사를 그려 조충의라고 부르는데	龍蛇畫號藻蟲衣
사절이 동쪽으로 임하니 온 길에 빛나네	使節東臨滿路輝
골짜기 속의 붉은 지초의 향기는 어디 있는가?	洞裏紫芝香幾處
흐르는 빛 만 리인데 사람과 어긋나네	流光萬里與人違

○다시 설루께 화답하다
疊和雪樓
제암(濟庵)

하관월패[32]의 동군[33]을 알현하니	霞冠月佩謁東君
요초경화[34]에 마음껏 향기 나네	瑤草瓊花滿意薰
고인의 수레가 가는 곳을 알려는데	欲識高人邁軸地
부용이 먼 하늘가에 있어 무리 이루기 어렵네	芙蓉天畔逈難群

---

32 하관월패(霞冠月佩) : 노을의 관모와 달의 패옥.

33 동군(東君) : 봄을 주관하는 신.

34 요초경화(瑤草瓊花) : 선계(仙界)에 있다는 기화요초.

○다시 백설루께 화답하다
疊和白雪樓

해고(海皐)

상동[35]의 시문이 수레에 가득하니	桑東詩藻滿征軺
나그네가 만 리의 멂을 온통 잊었네	羈旅渾忘萬里遙
우연한 상봉에서 유유히 모임과 흩어짐을 보고	萍水悠悠看聚散
푸른 난새는 흔적 없고 채색구름은 사라졌네	靑鸞無迹彩雲消

○백설루께 받들어 드리다
奉贈白雪樓

해고(海皐)

구소[36]의 의발이 오히려 서재 문에 있는데	鳩巢衣鉢尙齋門
염락[37]의 여파로 진정 원천으로 거슬러 갔네	濂洛餘波定泝源
어찌하여 백설루라고 호를 지었는가?	如何白雪樓爲號
원미와 우린[38]의 혼을 다시 부르려는 것이네	元美于鱗再返魂

---

35 상동(桑東) : 부상(扶桑) 동쪽. 일본을 말함.

36 구소(鳩巢) : 실구소(室鳩巢). 강호(江戸) 사람. 이름은 직청(直淸), 유명(幼名)은 손태
랑(孫太郞). 자는 사례(師禮)·여옥(汝玉). 통칭은 신조(新助). 호는 구소(鳩巢)·창랑(滄
浪)·준대(駿臺). 목하순암(木下順庵)을 스승으로 섬기고, 정주(程朱)의 경학을 고수했음.

37 염락(濂洛) : 북송(北宋)의 성리학자인 염계(濂溪) 주돈이(周敦頤)와 낙양(洛陽)의 정
호(程顥)와 정이(程頤).

38 원미(元美)와 우린(于鱗) : 원미(元美)는 왕세정(王世貞)의 호, 우린(于鱗)은 이반룡
(李攀龍)의 호. 모두 명(明)나라 문인 후칠자(後七子)들임.

○품(稟)   설루(雪樓)

　가까운 날에 근일에 「설루기(雪樓記)」를 받들어 보여서 조롱하심을 풀고자 합니다.

○복(復)   해고(海皐)

　참으로 바라는 바입니다.

○품(稟)   설루(雪樓)

　부채 면에다, 제공들이 지은 시를 써서 내려주시기를 바랍니다.

○부사산을 읊어 설루의 편면(便面)[39]에 적다
　詠富士山, 題于雪樓便面

제암(濟庵)

　제포[40]의 순우[41]가 맑은 기운을 재촉하고　　　帝圃珣玗淑氣催

---

39 편면(便面) : 부채 면.

40 제포(帝圃) : 천제(天帝)의 원포(園圃).

41 순우(珣玗) : 순우기(珣玗琪). 옥석(玉石)의 이름. 일명 이옥(夷玉). 『설문(說文)·옥부(玉部)』에 "의무려(醫無閭)의 순우기(珣玗琪)는 『주서(周書)』에서 말한 바의 이옥(夷玉)이다"고 했음.

북전⁴²의 현무⁴³는 막을 수가 없네   北躔玄武不勝遮

창명⁴⁴의 춤추는 그림자가 삼천리인데   滄溟舞影三千里

호겁⁴⁵의 높이 매달린 한 송이 꽃이네   浩劫高懸一朶花

○상근령시를 설루의 편면에 쓰다
箱根嶺詩, 書于雪樓便面

해고(海皋)

길을 다 가도 구름 속 해가 갤 줄 모르는데   行盡不知雲日晴

다만 쌓인 푸름에 의지하여 낮에 밝게 빛나네   惟憑積翠畫生明

맑은 호수 한 골짜기가 나뉘어 구비가 되고   澄湖一壑分成曲

흩어지는 폭포 천 봉우리에 각각 소리가 있네   散瀑千峯各有聲

먼 까마귀소리와 깊은 매미소리가 모두 꿈결 같고 遠烏深蟬俱似夢

어지러운 등나무 높은 바위가 스스로 정이 있네   亂藤危石自爲情

어찌하여 하늘 동쪽 나라에 피해있는가?   如何僻在天東國

고금에서 다만 만 리의 이름만 전하네   今古徒傳萬里名

---

42 북전(北躔) : 북쪽의 별의 궤도.

43 현무(玄武) : 28수(宿) 중의 북방 7수(宿 : 斗·牛·女·虛·危·室·壁)를 가리키는 합칭.

44 창명(滄溟) : 큰 바다. 『한무제내전(漢武帝內傳)』에 "여러 신선과 옥녀(玉女)가 창명 (滄溟)에 모여서 거주한다"고 했음.

45 호겁(浩劫) : 지극히 긴 시간. 천지가 생성되어 멸망할 때까지의 시간.

○품(稟)　　　　　　　　　　　　　　　　　　　설루(雪樓)

　파마주(播磨州) 희로서기(姬路書記) 하구자심(河口子深)이 공 등과
함께 창수(唱酬)를 했는지 모르겠습니다.

　저의 동문(同門) 교초(翹楚)가 듣기로는, 대판(大坂)의 처사(處士) 유
수괄낭(留守括囊)이 공 등과 여러 번 모임을 가졌다고 하는데, 좋은
의론이 있었는지 모르겠습니다.

○복(復)　　　　　　　　　　　　　　　　　　　제암(濟庵)

　하구자심(河口子深)은 단지 밤이 깊은 후에 잠깐 면담하여서 초초
(艸艸)히 절구 2편을 수창했을 뿐입니다. 괄낭(括囊)의 경우는 자못
오래 머물러서 수작(酬酢)했는데, 한글로『역(易)』을 논했습니다. 저
의 무리는 바빠서 미처 답하지 못했습니다.

○품(稟)　　　　　　　　　　　　　　　　　　　설루(雪樓)

　상재선생(尙齋先生)의「내격설(來格說)」을 삼가 여기서 제공들에게
각 한 부씩 받들어 드리니, 권단(卷端)에 한 마디씩 써주시면, 몹시
다행이겠습니다.

　「신민설(新民說)」을 지었는데, 한 번 열람해 주시기를 바랍니다. 공
등의 소견과 같은지 아닌지 모르겠습니다.

○복(復)　　　　　　　　　　　　　　　　　　　　　　해고(海皐)

「제사내격설(祭祀來格説)」은 이미 살펴보았습니다. 이 뜻은『중용(中庸)』「귀신장(鬼神章)」에서 이미 읽기 어렵다고 말했습니다. 천학(淺學)이 용이하게 설명할 뜻이 아닌데, 어찌 그 시비(是非)를 논하여 취하겠습니까? 지금 1부를 주시면 받아서 가지고 가서 귀국(貴國)의 학문을 보이겠습니다. 「신민설(新民説)」을 보니 매우 정밀함을 얻었습니다. 축하할 만하고, 축하할 만합니다.

○우(又)　　　　　　　　　　　　　　　　　　　　　　제암(濟庵)

이는 잠깐 사이에 구경(究竟)할 글이 아닙니다. 잠시 제쳐두기를 바랍니다.

○우(又)

「내격설(來格説)」은 마땅히 틈을 타서 숙람(熟覽)하겠습니다. 적을 말도 또한 마땅히 유의(留意)하겠습니다.

○품(稟)　　　　　　　　　　　　　　　　　　　　　　설루(雪樓)

이퇴계(李退溪)에게 후손이 있어서, 그 집안을 계승했습니까?

○복(復)　　　　　　　　　　　　　　　　　　　　해고(海皐)

　퇴계(退溪)에게 후손이 있어서 유자가 되었으나, 그 조무(祖武)[46]를 계승할 수 없었습니다.

○품(稟)　　　　　　　　　　　　　　　　　　　　설루(雪樓)

　제가 거주하는 곳에 설루(雪樓)가 있는데, 서남쪽으로 부악(富嶽 : 富士山)을 바라보면 팔봉(八峯)을 움켜쥘 만합니다. 제시(題詩)를 부쳐주시기를 바랍니다.

○복(復)　　　　　　　　　　　　　　　　　　　　구헌(矩軒)

　근일(近日)에는 한가한 날이 없었습니다. 돌아갈 때 틈이 있다면 마땅히 받들어 부치겠습니다.

○품(稟)　　　　　　　　　　　　　　　　　　　　설루(雪樓)

　향보(享保)년의 빙사(聘使) 홍(洪)·황(黃) 제공들은 지금 모두 별탈이 없습니까? 이등인재(伊藤仁齋)의 『동자문(童子問)』을 성서기(成書

---

46 조무(祖武) : 조상의 사업.

記)가 가지고 돌아갔다고 일찍이 들었는데, 여러 분들도 또한 그것을
보셨는지 모르겠습니다.

○복(復) 해고(海皐)

홍(洪)·황(黃) 제공들은 모두 구원(九原)의 주인이 되었고, 성서기
(成書記) 또한 이물(異物)이 되었습니다. 『동자문(童子問)』은 한 번 본
적이 있는데, 경(經)의 뜻에 어긋남이 많아서 볼 만하지 않았습니다.

○품(稟) 설루(雪樓)

지난번에 동무(東武) 사람이 기재(豈齋)라는 자의 시를 전하여 외워
주었는데, 기재는 어떤 사람입니까?

○복(復) 제암(濟庵)

중관(中官) 이하에 혹시 있을지 모르지만, 저는 상세히 알지 못합
니다.

○품(稟)   설루(雪樓)

공 등이 지금 쓰고 있고, 입고 있는 것은 이름이 무엇입니까?

○복(復)   제암(濟庵)

저와 구헌(矩軒)은 동파관(東坡冠)을 쓰고 있고, 창의(敞衣)를 입고
있습니다. 해고(海皐)는 고의관(高後冠)과 백겹의(白袷衣)입니다.

○품(稟)   설루(雪樓)

귀국(貴國) 사람이 동(東)과 동(同)자를 읽는 것을 들으면, 독(篤)과
같고, 평성(平聲) 같은데, 도리어 입성(入聲)이 됩니다. 무엇 때문입니까?

○복(復)   구헌(矩軒)

동(東)과 동(同)은 평성(平聲)이고, 독(篤)은 입성(入聲)입니다. 두 소
리의 판별은 하늘과 땅의 차이와 같습니다. 사성(四聲)의 구분은 한
결같이 『운부정음(韻府正音)』을 따랐는데, 어찌 서로 혼동된다고 하
겠습니까?

○품(稟)   해고(海皐)

상재(尙齋)는 곧 경재(絅齋)[47]입니까?

○복(復)   설루(雪樓)

경재(絅齋)와는 동문(同門)이고, 한 사람이 아닙니다.

○품(稟)   해고(海皐)

이름이 무엇입니까?

○복(復)   설루(雪樓)

경재(絅齋)는 성이 천견(淺見)이고, 이름은 안정(安正)이고, 경사(京師) 사람입니다. 상재(尙齋)는 성이 삼택(三宅)이고, 이름은 중고(重固)이고, 「내격설(來格說)」의 앞에 소전(小傳)이 있습니다.

---

47 경재(絅齋) : 천견경재(淺見絅齋). 근강(近江) 사람. 본성은 고도(高島), 이름은 안정(安正), 호는 경재(絅齋). 산기암재(山崎闇齋)에게 배웠다. 정주(程朱)를 받들었다. 정덕(正德) 원년에 60세로 죽었다.

○품(稟)   제암(濟庵)

『송원경소(宋元經疏)』 수백 권이 귀방(貴邦)에서 출간되었다고 들었습니다. 그것을 볼 수 있습니까?

○복(復)   설루(雪樓)

『경해(經解)』 수백 권은 심장형(深藏兄)이 일찍이 보았습니다. 제집은 가난하여 가져다놓을 수가 없어서 보지 못했습니다. 그 밖의 소부(小部)의 경소(經疏)는 많이 있지만, 매거(枚擧)할 수 없습니다. 그러나 오직 『주자문집어류(朱子文集語類)』·『논맹정의혹문(論孟精義或問)』과 산기선생(山崎先生)·상재선생(尙齋先生)의 여러 책들만 취하고, 여러 다른 의소(義疏)는 충분히 많이 구하지 못했습니다.

○품(稟)   설루(雪樓)

『경국대전(經國大典)』과 학부(學部)에 실려 있는 『정훈왕래(庭訓往來)』·『동자교(童子敎)』 등의 서목(書目)은 모두 토원책(免園策)[48]일 뿐입니다. 『육국사(六國史)』[49]·『회풍조(懷風藻)』[50]·『경국집(經國集)』과

---

48 토원책(免園策) : 천근(淺近)한 서적.

49 육국사(六國史) : 일본서기(日本書紀)·속일본서기(續日本書紀)·일본후기(日本後記)·속일본후기(續日本後記)·문덕실록(文德實錄)·삼대실록(三代實錄) 등 6종의 일본 역사서.

여러 실록(實錄)의 율령(律令) 등은 모두 귀국(貴國)에 전해지지 않았습니까? 우리나라 수호의(水戶義) 공은 한 시대의 웅재(雄才)로서, 『대일본사(大日本史)』240권을 편찬했는데, 다만 간행되지 않아서 세상에 널리 퍼지지 못했습니다. 귀방(貴邦)의 『동국통감(東國通鑑)』 역시 일찍이 의공(義公)의 교간(校刊)으로써 세상에 통행합니다.

○복(復)　　　　　　　　　　　　　　　　　　　제암(濟庵)

　귀국의 책은 우리나라에서 출간한 것이 아주 적습니다. 『일본통감(日本通鑑)』의 권질(卷帙)이 자못 많은데, 근래 번역되어 출간했다고 합니다. 수호의(水戶義)의 2백 권의 사(史)가 간행되지 못했다고 하니, 한스럽습니다. 『동국통감(東國通鑑)』은 이미 간행되었다고 들었습니다. 그 사(史)는 무란방잡(蕪亂厖雜)하여 볼 만한 것이 없습니다.

○픔(稟)　　　　　　　　　　　　　　　　　　　설루(雪樓)

　귀국의 목종(穆宗) 소경왕(昭敬王)의 후손의 묘호(廟號)와 시호(諡號)는 들어보지 못했습니다. 동맹(同盟)한 나라에서 비록 사서(士庶)일지라도 또한 마땅히 알아야 할 바입니다. 보여주시기를 바랍니다.

---

50 회풍조(懷風藻) : 일본 최초의 한시집(漢詩集). 작자 미상. 일설에는 담해삼선(淡海三船)이 편찬했다고 함. 천평승보(天平勝寶) 3년경에 이루어졌음. 근강(近江)·나량조(奈良朝)의 일본시인들의 시를 연대순으로 배열했음.

○복(復)　　　　　　　　　　　　　　　　　　　　　　해고(海皐)

　우리　태조(太祖)　이상은　목조(穆祖)·익조(翼祖)·도조(度祖)·환조 (桓祖)입니다.

○품(稟)　　　　　　　　　　　　　　　　　　　　　　설루(雪樓)

　이것을　말함이　아니고,　목종(穆宗)　이후의　묘시(廟諡)를　물은　것입 니다.

○복(復)　　　　　　　　　　　　　　　　　　　　　　해고(海皐)

　목묘(穆廟)부터　숙묘(肅廟)까지,　육세칠왕(六世七王)의　묘시(廟諡)는 갑자기　기억할　수　없습니다.

○품(稟)　　　　　　　　　　　　　　　　　　　　　　설루(雪樓)

　귀국의　관계(官階)는　사품(四品)　이상을　대부(大夫)라고　하는데,　오 품(五品)　이하는　곧　당(唐)나라와　우리　천조(天朝)와는　동일하지　않습 니다.　한결같이　명(明)나라　제도를　준수하는지　모르겠습니다.　복색 (服色)은　어떠합니까?

○복(復)　　　　　　　　　　　　　　　　해고(海皐)

관계(官階)는 한결같이 명나라 제도를 준수합니다. 그래서 사품(四品)의 구별이 당나라 제도와 차이가 있습니다. 복색(服色)은 이품(二品) 이상의 옷은 담홍(淡紅)이고, 의대(衣帶)는 서대(犀帶)이고, 모각(帽角)은 합사(合紗)입니다. 삼품(三品) 이하의 옷은 심홍(深紅)이고, 의대는 은대(銀帶)입니다.

○품(稟)　　　　　　　　　　　　　　　　설루(雪樓)

송당(松堂) 박공(朴公)[51]에게 『백록동규집해견자성록(白鹿洞規集解見自省錄)』이 있는데 지금도 아직 남아있는지요? 우리 암재선생(闇齋先生)에게 또한 이 해(解)가 있는데, 볼 수 있는지 모르겠습니다.

○복(復)　　　　　　　　　　　　　　　　구헌(矩軒)

『백록동집해서(白鹿洞集解書)』는 오히려 감추어 버리는 자가 있어서 세상에 크게 통행하지 못했습니다. 암재(闇齋)의 해(解)를 보고서 그 설을 질문할 수 없는 것이 한스럽습니다.

---

51 박공(朴公) : 박영(朴英, 1471~1540), 무신, 자는 자실(子實), 호는 송당(松堂). 저서로 『송당집(松堂集)』과 『백록동규해(白鹿洞規解)』 등이 있음.

○ 품(稟)   설루(雪樓)

권양촌(權陽村)[52]의 『입학도설(入學圖說)』의 황효공(黃孝恭)[53] 발문
에 "백운동서원(白雲洞書院)에 그것을 수장하려고 생각했다"고 했는
데, 서원이 어디에 있으며, 누가 창건했는지, 지금도 남아 있는지 모
르겠습니다.

○ 복(復)   구헌(矩軒)

백운동서원은 우리나라 영남(嶺南)에 있습니다. 그 당시 많은 인사
들이 창립한 것인데, 지금도 조두(俎豆)를 폐하지 않았습니다.

○ 품(稟)   설루(雪樓)

『소학집성(小學集成)』의 제유(諸儒)의 발문은 모두 지극한 말들인
데, 활자(活字)의 간행입니다. 귀국에 활자가 있는지, 각 부(部)의 판
본은 없는지 모르겠습니다.

---

52 권양촌(權陽村) : 권근(權近, 1352~1409), 초명은 진(晉), 자는 가원(可遠)·사숙(思
叔), 호는 양촌(陽村). 저서로 『양촌집(陽村集)』·『오경천견록(五經淺見錄)』·『입학도설
(入學圖說)』 등이 있음.

53 황효공(黃孝恭) : 생졸년은 1496~1533, 자는 경보(敬甫), 호는 귀암(龜巖).

○복(復)

구헌(矩軒)

우리나라의 사간(私刊)은 모두 목판(木版)으로써 합니다. 경연(經筵)의 서사(書史)일 경우에 비서감(秘書監)의 활자(活字)로서 인출(印出)합니다. 대개 활자의 사용은 급한 인출의 역(役)에 대비하는 것일 뿐입니다.

○품(稟)

제암(濟庵)

귀국의 관혼상제(冠婚喪祭)의 예(禮)는 아득하게 잘 알지 못합니다. 부디 대략을 보여주시기를 바랍니다.

○복(復)

설루(雪樓)

관혼상제는 당상(堂上) 제관(諸官)에게는 고식(古式)이 있습니다. 동무(東武)의 사대부(士太夫)와 제후(諸侯)의 나라에서는 소립원례(小笠原禮)를 준수함이 많은데, 그것을 덜거나 더하여 사용합니다. 소립원례는 족리장군(足利將軍) 도의(道義) 때 소립원씨(小笠原氏)에게 명하여 정한 것입니다. 의제(儀制)가 찬연(粲然)한데, 창졸간에 자세히 설명할 수가 없습니다. 세상에서 뜻이 있는 자는 종종 문공(文公)의 가례(家禮)[54]를 준수하여 행하는 자도 또한 적지 않습니다.

---

54 주자가례(朱子家禮)를 말함.

○품(稟)　　　　　　　　　　　　　　　　　　　　　　제암(濟庵)

　여인(女人)의 염치(染齒) 풍속은 어떤 제도를 본받은 것입니까? 맨발과 바지를 입지 않은 법은 무례를 저지른 것이 아닌가 싶습니다. 그 뜻을 들어볼 수 있습니까?

○복(復)　　　　　　　　　　　　　　　　　　　　　　설루(雪樓)

　여인의 염치는 열녀(烈女)의 불경이부(不更二夫)의 뜻을 취한 것입니다. 흰색은 주색(朱色)이 될 수 있고, 황색(黃色)이 될 수 있고, 자색(紫色)이 될 수 있습니다. 그러나 검은 색은 다시 변하여 다른 색이 될 수 없습니다. 부인이 바지를 입지 않는 것은 중인(中人) 이하의 제도입니다. 그 간편함을 취했을 뿐입니다. 고귀한 자는 본래 오중의배자(五重衣背子)(방언으로는　가라기노(加羅幾奴))・군(裙 : 치마)(방언으로는 모홍(毛紅))・고(袴 : 바지)(방언으로는 비농피가마(比農波加麻))와 말(襪 : 버선)이 있습니다. 사서(士庶)의 부녀(婦女)에게는 대의(大衣)가 있고, 고(袴)는 없고, 말(襪)을 사용합니다. 간혹 맨발인 것은 서인(庶人)의 부녀가 예(禮)를 결한 것입니다.

○품(稟)　　　　　　　　　　　　　　　　　　　　　　제암(濟庵)

　노예에게 바지가 없는 것은 무슨 까닭입니까?

○복(復)   설루(雪樓)

그 간편함을 취했습니다. 대조회(大朝會)에서는 오모자백장(烏帽子 白張)을 사용합니다.

○품(稟)   제암(濟庵)

귀국은 본래 장기(長崎)에 중주서적(中州書籍)이 많습니다. 근세에 와서 청조(淸朝) 문학사(文學士) 서건학(徐乾學)[55]과 이광지(李光地)[56] 가 저술한 것을 족하께서는 혹시 보셨습니까?

○복(復)   설루(雪樓)

장기(長崎)에는 한사(漢土)의 책을 들여옴이 많아서, 있지 않은 책 이 없습니다. 서(徐)와 이(李)의 책도 진정 전해온 것 안에 있을 것이 지만, 다만 저는 본 적이 없습니다.

---

55 서건학(徐乾學) : 생졸년은 1631~1694, 자는 원일(原一), 호는 건암(建庵). 강희제(康 熙帝) 때 내각학사(內閣學士)·병부상서(兵部尙書) 등을 지냈음. 저서로『독례통고(讀禮 通考)』120권 등 다수가 있음.

56 이광지(李光地) : 생졸년은 1642~1718. 자는 진경(晉卿), 호는 후암(厚庵), 별호는 용 촌(榕村). 강희제 때의 저명한 정치가로서 많은 치적을 쌓았음.

○ 품(稟)   설루(雪樓)

귀국의 악(樂)은 강헌왕(康獻王)[57]이 정한 것입니까? 혹은 명악(明樂)입니까? 정덕(正德)년 빙사(聘使)가 우리나라에서 전하는 악을 관람했는데, 공께서도 진정 그것을 들었습니까?

○ 복(復)   제암(濟庵)

우리나라 악제(樂制)는 우리 세종대왕(世宗大王)이 박연(朴堧)에게 명하여 처음 만든 것입니다. 〈황풍악(皇風樂)〉·〈여민악(與民樂)〉을 최고로 칭합니다. 신묘(辛卯)년 사행(使行) 때 귀국에서 전하는 악은 모두 고려(高麗) 때의 미미(靡靡)한 조(調)라고 했습니다.

○ 품(稟)   설루(雪樓)

우리나라에서 전하는 것에는 〈오상악(五常樂)〉이 있는데, 대개 순(舜)의 소악(韶樂)입니다. 그 밖에도 울창하게 고악(古樂)이 있는데 모두 3백여 조(調)입니다. 어찌 다만 고려의 속악(俗樂)뿐이겠습니까?

제암(濟庵)은 웃고서 대답하지 않았다.

---

57 강헌왕(康獻王) : 조선 태조 이성계(李成桂).

○품(稟)   설루(雪樓)

　퇴계(退溪)의 〈답정자중서(答鄭子中書)〉에 "동인(東人)은 사토(辭吐)로써 읽는다"고 했는데, 귀국의 사토 또한 우리나라의 상하순환(上下循環)하고 선체후용(先體後用)으로 읽는 것인지 모르겠습니다.

○복(復)   구헌(矩軒)

　우리나라 자음(字音)은 한토(漢土)와 약간 다를 뿐입니다. 비록 사토(辭吐)가 있지만, 다만 일직(一直)으로 말해 가니, 귀방(貴邦)과는 동일하지 않습니다.

○품(稟)   구헌(矩軒)

　임대학(林大學)의 문인(門人)에게 만류당하여, 생각한 바를 끝내지 못하여 아쉽습니다. 다시 방문해주신다면 얼마나 기쁘겠습니까?

○복(復)   설루(雪樓)

　수일 내로 마땅히 다시 와서 문후 올리겠습니다.

○ 픔(稟)   제암(濟庵)

　금일이 홀홀(忽忽) 지나가서, 만의 하나도 다하지 못하니, 한(恨)이
어떠하겠습니까? 만약 다른 때에 방문하셔서서 조용히 임하여 진술한
다면, 다행이고 감개할 것입니다.

○ 복(復)   설루(雪樓)

　마땅히 근일에 다시 뵙겠습니다.

화한필담(和韓筆談) 훈풍편(薰風編) 상권 끝.

和韓筆談 薰風編 卷上

倭韓筆談 薰風編序

薰風編者, 我雪樓先生, 與朝鮮之諸子, 以筆舌大通兩國之情狀于坐間者也. 凡自典籍·制度·學術之話, 至詞藻唱酬之篇, 無一之不備矣, 嗚呼! 朴·李諸子, 觀光於上國, 與先生相遇, 傾蓋如舊學同志合, 莫以逆於心, 何其幸耶? 諸子, 竟至於稱 先生以道, 其東乎足以識. 兩地雖異, 而君子之心, 所未可嘗不相合者矣. 典則, 亦嘗得一隨先生, 而唱酬於韓國之諸子, 親觀其與先生以學相遇之實. 先生與韓人晤語, 凡三次. 自朝至夕, 未嘗有倦, 筆話成堆, 唱酬滿篋. 韓人歸蕃之後, 吾黨之諸子, 同錄爲三冊. 於此乎, 奉示其冊于先生, 爲之請名. 先生名以〈薰風編〉. 門人小子人人享之. 拱璧者, 又足以觧吾黨之慍焉.

延享戊辰六月旣望

門人武藏上月典則公貽甫謹序.

延享戊辰, 朝鮮人來朝, 姓名字號略.

正使：通政大夫吏曹參議知製教洪啓禧, 字純甫, 號澹窩, 南陽人, 年四十六.

副使：通訓大夫行弘文館典翰知製教兼經筵侍讀官春秋館編修官南泰耆, 字洛叟, 號竹裡, 宜寧人, 年五十.

從事：通訓大夫弘文館校理知製敎兼經筵侍讀官春秋館記注官曹
命采, 字疇卿, 蘭谷, 昌寧人, 年四十九

上上官：僉知朴尙淳, 字子淳, 號竹窓, 年四十九

上上官：僉知玄德淵, 字李深, 號疏窩, 年五十五

上上官：洪聖龜, 字大年, 號壽巖, 年五十一

上判事：僉正鄭道行, 字汝一, 號靜庵, 年五十五

上判事：訓導道李昌基, 字大卿, 號廣灘, 年五十三

上判事：主簿金弘喆, 字聖叟, 號葆眞齋, 年三十四

製述官：典籍朴敬行, 字仁則, 號矩軒, 年三十九

正使書記：奉事李鳳煥, 字聖章, 號濟庵, 年三十九

副使書記：奉事柳逅, 字子相, 號醉雪, 年五十九

從事書記：進士李命啓, 字子文, 號海皐, 年三十五

次上判事：黃大中, 字正叔, 號蒼崖, 年三十四
一作判官朴宗大

次上判事：副司猛玄大衡, 字穉久, 號長湖, 年三十一

押物判事：判官黃屋成, 字大而, 號敬庵, 年五十四

押物判事：僉正崔鶴齡, 字君聲, 號芳潯, 年三十九

押物判事：主簿崔壽仁, 字大來, 號美谷, 年四十

押物判事：判官崔嵩齊, 字如高, 號水庵, 年五十九

良醫：趙崇壽, 字敬老, 號活庵, 年四十四

醫員：趙德祚, 字聖哉, 號松齋, 年四十

醫員：金德崙, 字子相, 號探玄, 年四十六

寫字官：同知金天壽, 字君實, 號紫峯, 年四十

寫字官：護軍玄文龜, 字耆叔, 號東岩, 年三十八

畵員：主簿李聖麟, 字德厚, 號蘇齋, 年三十

正使軍官：學士(此官可疑)洪海

正使軍官：同知白輝

正使軍官：昌城府使趙東晋

正使軍官：竹山府使金桂岳

正使軍官：監察李伯齡

正使軍官：卽廳李鴻儒

正使軍官：同知金壽鼎

副使軍官：卽廳南行明

副使軍官：司果尹世佐

副使軍官：宣傳官田醫國

副使軍官：宣傳官李摘

副使軍官：宣傳官李邦一

副使軍官：內乘李逸濟

副使軍官：僉知林世載

從事軍官：司果李喜春

從事軍官：咸陽府使李桂國

從事軍官：宣傳官曹命傑 (以上爲上官)

　別破陳二人, 馬上才二人, 理馬二人, 伴倘三人, 騎船將三人. (右爲次上官) 都訓導三人, 卜船將三人, 禮單直三人, 廳直三人, 盤纏直三人, 小通事十人, 小童十六人, 三使奴子六人, 一行奴子四十六人, 吸唱六人, 使令八人, 吹手十八人, 刀尺六人, 炮手六人, 纛奉持二人, 節鉞奉持四人, 旗手八人. (右爲中官)

　騎卜船沙二十四人, 其他下官二百四十八員.

通計四百八十人

右延享四年丁卯冬十一月, 發朝鮮. 五年春二月, 至對馬. 四月二十一日, 至浪華. 五月朔日, 至京師. 二十一日, 至江戶. 六月朔, 謁大將軍幕下. 十三日, 發江戶.

以上人名, 得善本而校寫, 附此編首, 以便窮鄉之士.

東都書林文昌閣主人須原常業識

和韓筆談薰風編卷之上

延享戊辰年, 朝鮮國王李昑, 遣其通政大夫洪啓禧·通訓大夫南泰耆·曹命采等來朝. 製述官朴敬行(字仁則, 號矩軒, 年三十九.)·書記李鳳煥(字聖章, 號濟庵, 年三十九.)·柳逅(字子相, 號醉雪, 年五十九.)·李命啓(字子文, 號海皐, 年三十五.)等隨焉. 維深, 因對馬書記紀國瑞之紹介(字伯麟, 號蘭庵, 一姓阿比留氏)邂逅朴李三子于江戶城東本願寺客舍. 柳子相有疾, 不會. 與朴·李三子, 連日相鼹, 筆語成堆, 唱酬不少. 一二門人, 遂寫之以爲三策, 永備他日之感. 時方盛夏, 故名以薰風, 無他意.

義武藏山官維深識

又識

維深之門人小子數輩, 錄此編, 旣畢書. 林須原常業, 就上月公貽生, 請之生連請不已. 維深, 笑曰: "此編, 惟返諸後日之感焉耳. 非敢欲傳諸天下, 何用梓?" 爲門人不可遂謀之于東武. 劂剛刻旣告成, 維深應姬路之徵, 未見其行于世, 而發路於藩. 書成, 遂將公諸同志, 豈我志乎哉? 彼二三子也云. 時寬延元年戊辰秋八月.

稟(六月四日, 下同)　　　　　　　　　　　　　　　　　雪樓

僕, 姓山官, 名維深, 字仲淵, 武藏州江戸府人. 幼同藤原深藏河口子深, 師事鳩巢先生. 弱冠遊學于京師, 同留守友信等, 師事尙齋先生. 旣還, 仕龜田侯. 今辭仕, 讀書于城北, 號白雪樓, 又稱默養. 唯知讀朱夫子‧薛文淸及貴國退溪李氏之書. 知遵山崎先生‧尙齋先生之遺訓. 而已聞藤河留三子, 旣接諸公于室, 津大坂及茲舘. 以故, 僕之渴望, 亦旣有日矣. 今以蘭庵子之紹介, 得識荊, 何其幸耶? 僕, 不善文, 不巧詩. 雖然, 古者, 相見必有贄. 今獨不可闕, 因賦七絶, 奉呈以代雉. 若諸公席上賜和, 則幸甚.

復　　　　　　　　　　　　　　　　　　　　　　　　　濟庵

曩, 因中村氏, 聞足下之名, 極欲一攄心期. 今蒙賁臨, 喜出望外. 貴國文獻, 非不美矣. 獨於談經之道, 實多背馳朱子, 甚至於吹毛覓疵, 不覺自歸於蚍蜉撼樹之科. 僕, 未嘗不心恨之. 今聞足下獨抱遺經, 純守正脉. 眞可謂遍地黃茅, 獨秀孤松. 甚盛甚盛.

稟　　　　　　　　　　　　　　　　　　　　　　　　　雪樓

僕友大坂留守氏, 嚮旣致書, 稱公風采. 是以企望之深, 度日殆如年. 今也, 得遂披雲之願, 其爲幸, 豈淺哉? 東武直學士藤原兄, 僕之親友也. 硏精覃思, 用意經術, 夙以該博文章, 名于世. 今日咫尺講幄, 以存志啓沃, 聞前日旣爲僕先容, 以故承公之靑眼, 如是亦何其切耶? 惟盛奬之過, 僕不敢當. 深愧深愧.

○復　　　　　　　　　　　　　　　　　　　　　　　　濟庵

謙光, 益以知足下之德.

○ 稟(三子時就食)　　　　　　　　　　　　　　　　　　　矩軒

飯後, 當從容討話, 幸寬之.

○ 復　　　　　　　　　　　　　　　　　　　　　　　　　雪樓

當從容以終食, 勿爲僕急之.

○ 奉呈朝鮮國製述矩軒朴公　　　　　　　　　　　　　　　雪樓

薰風吹遍使臣衣, 冠帶從容藹德輝. 久望西方美人至, 心期今日不
相違.

○ 奉和山官詞伯惠贈韻　　　　　　　　　　　　　　　　　矩軒

滴滴鰲岑翠滿衣, 東來旌節爛生輝. 錦纜淹留仙氣逼, 朱櫻悵望故
山違.

○ 奉呈朝鮮國書記濟庵李公　　　　　　　　　　　　　　　雪樓

何幸龍門御李君, 江城六月動南薰. 相逢始識□賓異, 韓國風流元
不群.

○ 奉和山官氏　　　　　　　　　　　　　　　　　　　　　濟庵

蓬蓽跫音久待君, 吉人風味覺蘭薰. 狂瀾日夜無由障, 砥柱亭亭遙
出群.

○ 奉呈朝鮮國書記海皐李公　　　　　　　　　　　　　　　雪樓

騑騑四牡動星軺, 大海舟船不厭遙. 兩國新知誠可樂, 渴塵萬斛一
時消.

○ 奉和白雪樓惠韻　　　　　　　　　　　　　　　　　海皐

銀河五月駐仙軺, 徐子山川不覺遙. 白雪樓頭聞郢曲, 十年董血喜潛消.

○ 奉呈朝鮮國書記醉雪柳公　　　　　　　　　　　　　雪樓

邂逅蒼宮雲霧開, 深知時望與雄才. 使星東轉德星聚, 天上人間瑞氣催.(柳公有疾, 不在此席)

○ 稟　　　　　　　　　　　　　　　　　　　　　　　雪樓

奉呈醉雪公詩, 欲煩公傳致, 許之否.

○ 復　　　　　　　　　　　　　　　　　　　　　　　海皐

醉雪公, 老病在他所. 此詩當傳致, 而和章遲速, 不可知耳.

○ 稟　　　　　　　　　　　　　　　　　　　　　　　雪樓

和章遲速, 固所不恨也. 唯願得發路前賜和, 則爲幸. 煩公致其意. 海皐點頭.

○ 再用前韻奉呈矩軒公　　　　　　　　　　　　　　　雪樓

內美紛盈透絅衣, 彩毫況復吐明輝. 殊方君子淡如水, 咫尺論交情不違.

○ 再用前韻奉呈濟庵公　　　　　　　　　　　　　　　雪樓

精舍雨餘忽對君, 滿堂和氣坐來薰. 自嘲此日野田雀, 黃口却隨鸞鳳群.

○ 再用前韻奉呈海臯公　　　　　　　　　　　　　　　雪樓
萬里雲山使者輶, 觀風吳札不論遙. 奉歡難得招三舍, 只恨坐來白日消.

○ 奉次雪樓再疊韻　　　　　　　　　　　　　　　　　矩軒
龍蛇畫號藻蟲衣, 使節東臨滿路輝. 洞裏紫芝香幾處, 流光萬里與人違.

○ 疊和雪樓　　　　　　　　　　　　　　　　　　　　濟庵
霞冠月佩謁東君, 瑤草瓊花滿意薰. 欲識高人邁軸地, 芙蓉天畔迥難群.

○ 疊和白雪樓　　　　　　　　　　　　　　　　　　　海臯
桑東詩藻滿征輶, 羈旅渾忘萬里遙. 萍水悠悠看聚散, 靑鸞無迹彩雲消.

○ 奉贈白雪樓　　　　　　　　　　　　　　　　　　　海臯
鳩巢衣鉢尙齋門, 濂洛餘波定泝源. 如何白雪樓爲號, 元美于鱗再返魂.

○ 稟　　　　　　　　　　　　　．　　　　　　　　　雪樓
近日當奉示「雪樓記」以解嘲耳

○ 詠富士山, 題于雪樓便面　　　　　　　　　　　　　濟庵
帝圃珣玗淑氣催, 北躔玄武不勝遮. 滄溟舞影三千里, 浩劫高懸一朵花.

○ 箱根嶺詩, 書于雪樓便面. 　　　　　　　　　　　　海皐

行盡不知雲日晴, 惟憑積翠晝生明. 澄湖一壑分成曲, 散瀑千峯各有聲. 遠鳥深蟬俱似夢, 亂藤危石自爲情. 如何僻在天東國, 今古徒傳萬里名.

○ 稟 　　　　　　　　　　　　　　　　　　　　　　雪樓

一播磨州姫路書記河口子深, 不知得與公等, 唱酬否

一大坂處士留守括囊, 僕同門翹楚聞數與公等會, 不知有好議論否.

○ 復 　　　　　　　　　　　　　　　　　　　　　　濟庵

河口子深, 只於夜深後暫面, 艸艸以二絶酬唱而已. 括囊則頗留連酬酢, 有一書論易, 而僕輩忿忿姑未答耳.

○ 稟 　　　　　　　　　　　　　　　　　　　　　　雪樓

一尚齋先生「來格說」, 謹玆奉贈諸公各一部, 願書一語于卷端, 則幸甚.

一作「新民說」, 願賜一覽, 不知與公等所見同否.

○ 復 　　　　　　　　　　　　　　　　　　　　　　海皐

「祭祀來格說」已觀之, 而此義, 自『中庸』, 「鬼神章」已稱難讀. 非淺學容易說去之義, 何取論其是非. 今被惠一部受歸, 以見貴國學問.「新民說」見得甚精, 可賀可賀.

○ 又 　　　　　　　　　　　　　　　　　　　　　　濟庵

此, 非造次究竟之書. 姑置之爲望.

○ 又

「來格說」, 當乘間熟覽. 而題語, 亦當留意耳.

○ 稟　　　　　　　　　　　　　　　　　　雪樓

李退溪有裔, 而克其家否?

○ 復　　　　　　　　　　　　　　　　　　海皐

退溪有遺裔爲儒, 不能繩其祖武.

○ 稟　　　　　　　　　　　　　　　　　　雪樓

僕所居有雪樓, 望富嶽于西南, 八峯可掬, 願賜寄題詩.

○ 復　　　　　　　　　　　　　　　　　　矩軒

近日無間日, 歸時如有隙, 當奉寄耳.

○ 稟　　　　　　　　　　　　　　　　　　雪樓

享保聘使洪·黃諸公, 今皆亡恙? 曾聞伊藤仁齋『童子問』, 成書記携歸, 不知諸君亦見之否.

○ 復　　　　　　　　　　　　　　　　　　海皐

洪·黃諸公皆主九原, 成書記亦爲異物. 『童子問』嘗一見而多悖於經旨, 不足觀耳.

○ 稟　　　　　　　　　　　　　　　　　　雪樓

頃, 東武人傳誦豈齋者之詩, 豈齋何人耶?

○ 復　　　　　　　　　　　　　　　　　　　濟庵
中官以下, 或有之. 僕未詳.

○ 稟　　　　　　　　　　　　　　　　　　　雪樓
公等, 今所冠所服, 何等名目?

○ 復　　　　　　　　　　　　　　　　　　　濟庵
僕及矩軒, 着東坡冠, 穿敞衣. 海皐高後冠, 白袷衣.

○ 稟　　　　　　　　　　　　　　　　　　　雪樓
聞貴國人讀東同字, 如篤, 似平聲, 反爲入聲. 何耶?

○ 復　　　　　　　　　　　　　　　　　　　矩軒
東同平聲, 篤入聲. 兩聲判若霄壤耳. 四聲之分, 一從韻府正音, 奚
有相混之謂耶?

○ 稟　　　　　　　　　　　　　　　　　　　海皐
尙齋, 卽絅齋耶?

○ 復　　　　　　　　　　　　　　　　　　　雪樓
與絅齋同門, 非一人.

○ 稟　　　　　　　　　　　　　　　　　　　海皐
名云何?

○ 復　　　　　　　　　　　　　　　　　　　雪樓

絅齋, 姓淺見, 名安正, 京師人. 尙齋, 姓三宅, 名重固, 「來格說」首
有小傳

○ 稟　　　　　　　　　　　　　　　　　　　濟庵

『宋元經疏』數百卷, 聞出來貴邦云, 見之否?

○ 復　　　　　　　　　　　　　　　　　　　雪樓

『經解』數百卷, 深藏兄嘗見. 僕家貧, 無由致之, 未之見. 其他小部
經疏, 多在, 不能枚擧. 然惟取 『朱子文集語類』·『論孟精義或問』及
山崎先生·尙齋先生諸書, 而足不多求諸他義疏.

○ 稟　　　　　　　　　　　　　　　　　　　雪樓

『經國大典』和學部載 『庭訓往來』·『童子敎』等書目, 此皆免園策
而已. 如『六國史』·『懷風藻』·『經國集』及諸實錄律令等, 皆未傳貴
國耶? 吾邦水戶義公, 以一代雄才, 撰『大日本史』二百四十卷, 但以
未刊行, 不廣敷人間. 貴邦『東國通鑑』亦嘗以義公校刊, 行于世云.

○ 復　　　　　　　　　　　　　　　　　　　濟庵

貴國之書, 出來鄙邦者, 絶少. 『日本通鑑』卷帙頗多, 而近來自譯所
出來矣. 水戶義之二百卷史, 未得刊行云, 可恨. 『東國通鑑』聞已刊行
云. 其史, 蕪亂厖雜, 無足觀耳.

○ 稟　　　　　　　　　　　　　　　　　　　雪樓

貴國穆宗昭敬王之後廟號·謚號未之聞, 在同盟之邦, 雖士庶, 而亦

所當知也. 願示之.

○ 復　　　　　　　　　　　　　　　　　　海皐
我太祖以上, 爲穆祖·翼祖·度祖·桓祖

○ 復　　　　　　　　　　　　　　　　　　海皐
自穆廟至肅廟, 六世七王廟諡, 非倉卒可記.

○ 稟　　　　　　　　　　　　　　　　　　雪樓
貴國官階, 以四品以上爲大夫. 五品以下, 爲郎不與唐及我天朝同,
不知一遵明制耶. 服色, 何如?

○ 復　　　　　　　　　　　　　　　　　　海皐
官階, 則一遵明制. 故四品之別, 與唐制差異. 服色, 則二品以上,
衣淡紅, 衣帶犀帶, 帽角合紗. 三品以下, 衣深紅, 衣帶銀帶

○ 稟　　　　　　　　　　　　　　　　　　雪樓
松堂朴公有『白鹿洞規集解見自省錄』, 今尙存否? 我闇齋先生, 亦
有此解, 不知得見否.

○ 復　　　　　　　　　　　　　　　　　　矩軒
『白鹿洞集解書』, 尙有藏棄者, 未大行于世. 闇齋之解, 無由得見.
以質其說, 可恨.

○稟　　　　　　　　　　　　　　　　　　　雪樓
權陽村 『入學圖說』 黃孝恭跋曰 : "思欲藏之白雲洞書院." 不知書
院在何處, 何人所創, 今尙存否.

○復　　　　　　　　　　　　　　　　　　　矩軒
白雲洞書院, 在於我國嶺南. 而其時多士之所創立, 而至今俎豆不廢.

○稟　　　　　　　　　　　　　　　　　　　雪樓
『小學集成』 諸儒跋, 皆極言, 活字之利. 不知貴國有活字, 而無各
部板耶.

○復　　　　　　　　　　　　　　　　　　　矩軒
我國私刊, 皆以木版. 經筵書史, 則用秘書監活字印出. 蓋活字用,
備急印□之役耳

○稟　　　　　　　　　　　　　　　　　　　濟庵
貴國冠婚喪祭之禮, 茫然不詳, 幸示大略.

○復　　　　　　　　　　　　　　　　　　　雪樓
冠婚喪祭, 如堂上諸官, 則有古式. 東武士太夫及諸侯之國之多遵
小笠原禮, 損益之, 小笠原禮, 則足利將軍道義時, 命小笠原氏所定
也. 儀制粲然, 不可以倉卒詳說, 世之有志者, 往往遵行文公家禮者,
亦不少.

○ 稟　　　　　　　　　　　　　　　　　　　　　　濟庵

女人染齒之俗, 象何制度? 跣足無袴之法, 恐涉無禮. 其義, 可得聞耶?

○ 復　　　　　　　　　　　　　　　　　　　　　　雪樓

女人染齒, 取烈女不更二夫之義. 以白者, 則可以朱, 可以黃, 可以
紫. 而緇者, 不復變爲他色也. 婦人無袴者, 中人以下之制也. 取其簡
便焉耳. 如高貴, 則固有五重衣背子(方言加羅幾奴)·裙(方言毛紅)·
袴(方言比農波加麻)及襪. 而士庶婦女, 則有大衣, 無袴用襪. 或跣足
者, 庶人之婦女欠禮者也.

○ 稟　　　　　　　　　　　　　　　　　　　　　　濟庵

奴隷無袴, 何耶?

○ 復　　　　　　　　　　　　　　　　　　　　　　雪樓

取其簡便也. 至大朝會, 則用烏帽子白張.

○ 稟　　　　　　　　　　　　　　　　　　　　　　濟庵

貴國, 自長崎多中州書籍, 至近世淸朝文學之士, 如徐乾學·李光
地, 所著述者, 足下或旣得見否.

○ 復　　　　　　　　　　　　　　　　　　　　　　雪樓

長崎多致漢土書, 無書不有. 徐·李書, 定在傳中. 但僕未之見.

○ 稟　　　　　　　　　　　　　　　　　　　　　　雪樓

貴國樂, 康獻王之所定乎? 或明樂耶? 正德聘使, 觀我國所傳之樂,

公定聞之.

○ 復　　　　　　　　　　　　　　　　　　濟庵
鄙邦樂制, 我世宗大王, 令朴㙆刱成者也. 〈皇風樂〉·〈與民樂〉, 最
稱云. 辛卯使行時, 貴國所傳之樂, 皆高麗時靡靡之調云爾.

○ 稟　　　　　　　　　　　　　　　　　　雪樓
吾邦所傳有〈五常樂〉, 蓋舜之韶樂也云. 其他, 礜有古樂, 凡三百餘
調. 豈唯高麗之俗樂而已哉?

濟庵, 笑而不答.

○ 稟　　　　　　　　　　　　　　　　　　雪樓
退溪〈答鄭子中書〉曰 : "東人, 以辭吐讀." 不知貴國之辭吐, 亦如我
邦上下循環先體後用而讀耶.

○ 復　　　　　　　　　　　　　　　　　　矩軒
鄙邦字音, 稍異漢土而已. 雖有辭吐, 只一直說去, 與貴邦不同.

○ 復　　　　　　　　　　　　　　　　　　雪樓
不數日, 當復來候.

○ 稟　　　　　　　　　　　　　　　　　　濟庵
今日忽忽, 未盡万一, 恨如之何? 若蒙他時, 從容臨敍, 則可幸可感.

○ 復　　　　　　　　　　　　　　　　　　　　雪樓

當繼見以近日.

화한필담 훈풍편 권중

和韓筆談 薰風編 卷中

화한필담 훈풍편 권중

○ 구헌 박공께 올리는 척독

上矩軒朴公尺牘(6월 5일, 이하 동일함)

설루(雪樓)

어제 처음 봄바람 속에 앉았는데, 온화한 기운 일단(一團)이 거의 제 마음을 취하게 했습니다. 아! 그 태어난 곳은 각각 바람난 말과 소도 서로 미칠 수 없는 땅이지만, 문득 이처럼 같은 당(堂)에서 합석(合席)하는 즐거움을 얻으니 얼마나 행운입니까? 얼마나 행운입니까? 게다가 주옥(珠玉)같은 여러 편을 내려주시니, 빈아(貧兒)가 갑자기 부자가 되어서, 빈 것으로 갔다가 가득 차서 돌아오니 사례할 바를 모르겠습니다. 삼가 비루한 시 1장(章)을 지어서 안하(案下)에 올립니다. 달려가서 문후를 여쭐 것이 가까이에 있습니다. 삼가 살펴주시기를 바랍니다. 불비(不備).

○구헌께 받들어 올리다
奉呈矩軒

설루(雪樓)

빈관의 한묵림에서 소요하니	賓館逍遙翰墨林
강성 비바람에 낮이 어둡네	江城風雨晝陰陰
문자 술잔 속에 다시 서로 약속하니	文字飮中更相約
향기로운 난이 두 나라의 마음을 막지 않네	臭蘭不隔兩邦心

○제암 이공께 올리는 척독
上濟庵李公尺牘

설루(雪樓)

어제 처음 미우(眉宇)를 접하고, 비린(鄙吝)함이 문득 없어졌습니다.[1] 게다가 화장(和章) 4수를 주시니 거의 천구대패(天球大貝)를 얻은 듯했습니다. 감사의 깊음이 도화담(桃花潭)[2]뿐만이 아닙니다. 다행하고 다행합니다. 삼가 〈부악(富嶽)〉시의 성대한 운을 받들어 화답하여 사례로 충당합니다. 근일에 마땅히 달려가서 문후 드리겠습니다. 글로 상세하게 말할 수 없음을 밝게 헤아려주시기를 바랍니다. 불비(不備).

---

1 미우(眉宇)를 …… 없어졌습니다. : 당나라 원덕수(元德秀)는 자가 자지(紫芝)인데, 방관(房琯)이 그를 볼 때마다 "자지의 미우(眉宇)를 보면 명리(名利)의 마음이 모두 없어진다"고 했음.
2 도화담(桃花潭) : 중국 경현(涇縣)에 있는 못 이름. 이백(李白)의 〈증왕륜(贈汪倫)〉시에 "桃花潭水深千尺, 不及汪倫送我情"이라고 했음.

○〈부사산〉운에 차운하다
　次富士山韻

설루(雪樓)

아득한 채색구름의 오색이 멀고	縹渺彩雲五色賒
그림자 잠긴 창해도 막을 수가 없네	影涵滄海不容遮
만년의 특별한 땅에 진기가 모이고	萬年特地鍾眞氣
유월 중천에 설화가 매달렸네	六月中天懸雪花

○해고께 올리는 척독
　上海皐尺牘

설루(雪樓)

　제가 밤에 두우성(斗牛星)을 살핀 것이 오래입니다. 어제 용천(龍泉)과 태아(太阿)³를 친히 보고는 황연(怳然)히 넋을 잃었습니다. 아! 정광(精光)이 사람을 쏘는 것이 심하다고 할 만합니다. 돌아간 후 오히려 추수(秋水)의 정(精)이 심목(心目)에 빛남을 깨달았습니다. 삼가 이에 주신 운과 〈상근(箱根)〉작품을 받들어 차운하고, 또 시 1수를 기증하여 사례로 삼습니다. 쥐를 물고 봉황에게 화냄⁴이 아니고, 또한 모과(木瓜)로써 경요(瓊瑤)에 보답⁵하려는 것도 아닙니다. 영원히

---

3 용천(龍泉)과 태아(太阿) : 용천과 태아는 모두 고대 보검의 이름. 그 검광이 두성과 우성 사이를 쏜다고 함.
4 쥐를 물고 봉황에게 화냄 : 『장자(莊子)・추수(秋水)』에 "올빼미가 썩은 쥐를 얻었는데, 원추(鵷鶵)가 지나가자, 우러러 보면서 노하여 소리쳤다"고 했음.

우호를 위해서 일뿐입니다. 『시(詩)』에 "순무를 캐고 무를 캐네, 뿌리 때문이 아니라네"[6]라고 했습니다. 달려가서 문후 올리는 것이 가까이에 있습니다. 글로는 마음을 다 표현하지 못합니다. 삼가 헤아려주시기를 바랍니다. 불비(不備).

○〈상근〉작에 화답하다
和箱根作

설루(雪樓)

푸른 고개의 만 겹 안개가 개지 않았는데	翠嶺萬重霧未晴
호수 빛이 거울 면을 열어 홀로 청명하네	湖光開鏡獨淸明
관문의 자기[7]가 선색을 맞이하고	關門紫氣迎仙色
골짜기 입구의 흰 구름은 새소리를 막았네	谷口白雲隔鳥聲
요초경화가 시야를 즐겁게 하더라도	瑤草瓊花雖悅目
괴암기석이 문득 심정을 놀라게 하네	怪巖奇石忽驚情
행로가 이처럼 험하다고 말하지 마오	莫言行路險如此
사자가 말을 모는 명성을 오래 남기네	使者長留叱馭名

---

5 모과(木瓜)로써 경요(瓊瑤)에 보답 : 『시경·위풍(衛風)·모과(木瓜)』에 "投我以木瓜, 報之以瓊琚"라고 했음.

6 순무를 …… 아니라네 : 『시경·패풍(邶風)·곡풍(谷風)』의 구절. 비루한 사람도 한 덕을 지니고 있어서 취할 만하다는 것을 비유함.

7 관문(關門)의 자기(紫氣) : 노자(老子)가 서역(西域)으로 가면서 함곡관(函谷關)을 지날 때 붉은 구름기운이 서렸다고 함.

○해고께서 주신 운을 받들어 화답하다. 2수
奉和海皐見贈韻二首

설루(雪樓)

구름기운이 몇 겹으로 해문을 닫았는가	雲氣幾重鎖海門
고향생각이 황하 근원을 찾는 사신[8]과 어찌 다르랴	
	鄕心何異使河源
두견새소리 급하니 모든 집에 비 내리고	杜鵑聲急萬家雨
꿈꾼 후 공연히 객중의 혼을 상심하네	夢後空傷客裡魂
성학의 유래가 스스로 문이 있으니	聖學由來自有門
민중[9]에 용출하는 연원이네	閩中湧出是淵源
천년의 참 물과 가을 달이	千年寒水與秋月
고금의 군자의 혼을 비추네	照得古今君子魂

○품(稟)(6월 7일, 이하 동일함)   설루(雪樓)

　비 내린 후의 찌는 더위입니다. 삼가 세 분의 기거(起居)가 다복하시니 어찌 기쁨을 감당하겠습니까? 전일 처음 받들었을 때 은근한 넘치는 기쁨에 감사를 다하지 못했습니다. 다시 안하(案下)로 달려가서 삼가 동리(動履)[10]를 문후 하겠습니다. 그저께 난암공(蘭庵公)에게

8　황하 근원을 찾는 사신 : 한(漢)나라 장건(張騫)이 서역으로 사신을 가면서 황하의 근원을 찾았다고 함.
9　민중(閩中) : 주희(朱熹)의 고향으로, 주희의 주자학(朱子學)을 말함.
10　동리(動履) : 기거동작(起居動作).

부탁하여 편지와 시를 올렸는데 이미 제공들의 수중에 닿았는지 모르겠습니다.

돈아(豚兒)[11]는 이름이 유장(維張)이고, 나이가 12살이고, 겨우 구두(句讀)에 익숙한데, 애비가 식형(識荊)[12]을 획득했음을 선망하고, 멋대로 비리한 말을 받들어 올렸습니다. 저에게는 오직 이 아들뿐인데, 또한 박약(薄弱)함을 타고났기 때문에 몹시 지독(舐犢)[13]하는 뜻이 있습니다. 하루하루를 공연히 놀면서 소일하느라, 작시(作詩)를 가르쳐도 조성(調聲)을 잘 짓지 못하고, 글자를 가르쳐도 자획(字畵)을 바르게 쓰지 못합니다. 비록 그렇지만 어린애의 뜻 또한 단지 막을 수만 없어서, 마침내 그 시를 가지고 와서 안하에 올리게 되었습니다. 삼가 제공들께서 화답을 내리시어 그 뜻을 권면해 주신다면, 저의 소원일 것입니다. 공께서 부디 살펴주시기를 바랍니다.

조선국 구헌·제암·해고 세 분 선생의 대하에 받들어 부치다
奉寄朝鮮國矩軒濟庵海皐三先生臺下

열두 살 동자 산관유장(十二童山官維張)

오색 채운이 사신의 수레를 보호하니 　　　　　　　五色彩雲護使車

---

11 돈아(豚兒) : 자신의 아들에 대한 겸칭.

12 식형(識荊) : 이백(李白)의 「여한형주서(與韓荊州書)」에 "저는 천하의 담사(談士)들과 서로 모여서 말하기를 '살아서 만호후(萬戶侯)에 봉해지지 않고, 다만 한형주(韓荊州)를 한번 알고 싶다'고 했습니다"고 했음. 한형주는 한조종(韓朝宗). 식형은 처음 면식함을 말함.

13 지독(舐犢) : 어미 소가 송아지를 핥아주는 정.

삼한과 일본이 함께 문채가 화려하네	三韓日本共文華
고향 길은 멀리 만여 리인데	故山路遠萬餘里
원래 장부는 집을 생각하지 않는다네	元自丈夫不憶家

○복(復)　　　　　　　　　　　　　　　　　구헌(矩軒)

　연일 어지럽고, 병을 앓아 일어날 수 없었습니다. 이처럼 재방문을 받으니 얼마나 기쁘겠습니까? 영랑(令郎)[14]의 시는 완전(宛轉)히 소반 안의 구슬 같습니다. 족하의 복은 도리어 하늘이 내린 것이니 축하할 만합니다. 전날의 편지와 시는 모두 함께 받았습니다. 한가하면 화답하여 사례하겠습니다. 지금 다행히 면대하고 받드니, 다소의 일들이 모두 필설에 있습니다.

○복(復)　　　　　　　　　　　　　　　　　제암(濟庵)

　특히 봉모(鳳毛)[15]를 지녔습니다.

---

14 영랑(令郎) : 상대의 자식에 대한 경칭.
15 봉모(鳳毛) : 남의 자식이 부모와 같은 재능을 지녔음을 말함.

○산관동자에게 화답하여 주다
和贈山官童子

제암(濟庵)

방삭[16]이 드높이 전거를 몰다가	方朔呀呀弄電車
동쪽 바다로 귀양 오니 붓에서 빛이나네	東溟謫下筆生華
단산[17]의 악작[18]은 평범한 깃이 없으니	丹山鸑鷟無凡羽
시례의 가정에서 힘써 집안을 계승하네	詩禮庭前勉克家

○무장동자에게 화답하여 주다
和贈武藏童子

해고(海皐)

무봉의 수려한 색이 가는 수레에 떨어지고	巫峯秀色落征車
채운을 열며 동화[19]를 묻네	彩雲披拂問東華
사람이 만 리로 돌아가니 시가 상자를 따르고	人歸萬里詩隨篋
단혈의 상서로운 깃이 사가[20]를 말하네	丹穴祥毛說謝家

---

16 방삭(方朔) : 동방삭(東方朔). 전설에 세성(歲星)의 화신(化身)으로 선도(仙桃) 등을 훔쳤다고 함.

17 단산(丹山) : 단혈(丹穴). 전설 속의 봉황이 산다는 산 이름.

18 악작(鸑鷟) : 일종의 봉황새.

19 동화(東華) : 전설 속의 선인(仙人) 동왕공(東王公). 동화제군(東華帝君)이라고 함.

20 사가(謝家) : 진(晉)나라 태부(太傅) 사안(謝安)의 집안. 당시에 고문세족(高門世族)이었음.

○품(稟)　　　　　　　　　　　　　　　　　　　　　설루(雪樓)

돈아(豚兒)의 시가 특별히 성대한 칭찬을 받았으니, 더욱 마땅히 면려하여 이끌 것입니다. 삼가 화답을 내리시어 궤안 우측에다 보여 주신다면, 영원히 감개(監戒)하는 경책(警策)으로 삼겠습니다.

○복(復)　　　　　　　　　　　　　　　　　　　　　구헌(矩軒)

후일에 가져올 수 있습니다.

○여러 군자들에게 받들어 아뢰다
奉白諸君子
　　　　　　　　　　　　　　　　　　　　　　　　　　구헌(矩軒)

금일 회답국서(回答國書)를 받았다고 합니다. 필어로써 하루를 보내도 무방할 것입니다.

○복(復)　　　　　　　　　　　　　　　　　　　　　설루(雪樓)

보여주신 바의 명을 감히 따르지 않겠습니까?

○ 품(稟)
설루(雪樓)

『일본서기(日本書紀)』에 한국 땅의 교통한 여러 나라를 적어놓았는
데, 안라국(安羅國)·임나국(任那國)·가라국(加羅國)·탐라국(耽羅國)·
산반해국(散半奚國)·사이기국(斯二岐國)·탁순국(卓淳國)·녹국(㖨
國)·졸마국(卒麻國) 등이 있습니다. 가라국은 곧 가락국왕(駕洛國王)
김수로(金首露)가 다스린 곳입니까? 임나왕(任那王)의 성(姓)은 듣지
못했습니다. 그 나머지 나라들은 지금 어디 있습니까?

○ 복(復)
제암(濟庵)

서적으로 징험할 수가 없습니다.

○ 품(稟)
설루(雪樓)

탐라(耽羅)는 곧 제주(濟州) 땅입니까? 성주(星主)의 후손은 지금 남
아있습니까?

○ 복(復)
제암(濟庵)

성주의 후손은 고씨(高氏)와 양씨(梁氏)입니다.

○품(稟)   설루(雪樓)

　『일본기(日本紀)』의 주(註)에서 「백제본기(百濟本記)」를 인용했는데,
지금은 전하지 않습니다. 귀국에는 여전히 남아있습니까?

○복(復)   제암(濟庵)

　있습니다.

○품(稟)   설루(雪樓)

　단군(檀君)은, 『동국통감(東國通鑑)』에서는 단씨(檀氏)라고 하고, 『동
국사략(東國史略)』에서는 환씨(桓氏)라고 했는데, 어느 것이 옳은지 모
르겠습니다.

○복(復)   제암(濟庵)

　단씨(檀氏)가 맞습니다.

○품(稟)   설루(雪樓)

　신라국(新羅國)은 처음에 거서간(居西干)이라 칭했는데, 귀인(貴人)

을 부르는 칭호입니다. 또 차차웅(次次雄)이라고 칭한 것은 신(神)으로 삼은 말입니다. 이사금(尼師今)은 치리(齒理)한다는 칭호입니다. 그 밖의 마립간(麻立干) 같은 종류는 방언(方言)이 지금 여전히 남아 있습니까?

○복(復)   해고(海皐)

　나씨(羅氏)의 속어(俗語)에 있어서는, 지금 사대부(士大夫)들은 말하는 것을 수치스럽게 여깁니다. 칭하여 붙인 것은 서계(書契) 이전입니다.

○픔(稟)   설루(雪樓)

　『동언전(東諺傳)』의 권수(卷數)와 작자(作者)는 어떠합니까?

○복(復)   해고(海皐)

　『동언전(東諺傳)』은 무슨 이름인지 모르겠습니다.

○ 품(稟)　　　　　　　　　　　　　　　　　설루(雪樓)

　정덕(正德)년의 빙사(聘使) 서기군(書記君)이 우리들에게 답하기를 "『동언전』에 왕인(王仁)이 일본으로 들어간 일이 실려 있다"고 했습니다.

○ 복(復)　　　　　　　　　　　　　　　　　해고(海皋)

　이 책은 이항문자(里巷文字)에 불과할 것입니다. 학사(學士)의 무리들이 항상 볼 수 있는 바가 아니기 때문에 상세히 본적이 없습니다.

○ 품(稟)　　　　　　　　　　　　　　　　　설루(雪樓)

　『고려사(高麗史)』의 작자와 권수를 듣고 싶습니다. 『여사제강(麗史提綱)』는 제가 한 번 본적이 있는데, 그 작자를 잊었습니다. 잘 써주시겠습니까?

○ 복(復)　　　　　　　　　　　　　　　　　해고(海皋)

　『고려사』는 정인지(鄭麟趾)[21] 등이 편찬한 것이고. 『여사제강』은

21　정인지(鄭麟趾, 1396~1478) : 자는 백저(伯睢). 호는 학역재(學易齋). 시호는 문성(文

유계(兪棨)[22](호는 시남선생(市南先生)가 저술한 것입니다.

○품(稟)   설루(雪樓)

청(淸)나라 건융주(乾隆主)의 문집이 우리나라에 전해졌는데, 귀국
에도 전해졌는지 모르겠습니다.

○복(復)   해고(海皐)

20책(冊)을 신유년(辛酉年)에 출간했습니다.

○품(稟)   설루(雪樓)

저는 본래 틈을 타서 조용히 주부자(朱夫子)의 글에 실어놓은 퇴계
(退溪)의 절요(節要) 중에서 이해하지 못한 것을 진정(質正)하려고 했
습니다. 다만 객관 안의 소란 때문에 여의치 못했습니다. 훗날 마땅

成). 대제학, 영의정을 지냈다. 대통력(大統曆)과 역법(曆法)을 개정하였으며 많은 책을
편찬하고, 『고려사』를 찬수하였다. 훈민정음 창제에 크게 공헌하였으며, 안지, 최항(崔
恒) 등과 〈용비어천가〉를 지었다.

22 유계(兪棨, 1607~1664) : 자는 무중(武仲). 호는 시남(市南). 병자호란 때 척화를 주장
하였으며, 복상(服喪) 문제 때 서인으로서 3년 설을 극구 반대하였다. 저서로『가례원류』,
『여사제강』 따위가 있다.

히 별로로 문목(問目)을 작성하여 난암공(蘭庵公)에게 부탁하여 여러
분들께 올리고자 합니다. 부디 비답(批答)를 내려주시기를 바랍니다.
또한 설루시(雪樓詩)와 「내격설(來格說)」의 발어(跋語)를 틈을 내어 내
려주시기를 원합니다. 저의 문인 소자(小子)들 수십 무리가 모두 가
뭄에서 무지개를 바라는 것과 같습니다. 상월전칙(上月典則)은 저의
문인 소자들 중에서 가장 오래된 자인데, 문하(門下)의 일을 주관하
고 있습니다. 근일에 받들어 부치는 시에 화답을 내려주시기를 바랍
니다. 이는 저의 지극한 소망입니다.

○복(復)   제암(濟庵)

한가한 날에 마땅히 가르침대로 하겠습니다.

○우(又)   구헌(矩軒)

연일 이처럼 어지로우니, 지을 수 있는 한가한 틈이 없을까 두렵습
니다. 만약 약간의 한가함이 있다면 감히 성대한 뜻을 저버리겠습니
까? 주서(朱書)의 문목(問目)은 마땅히 기다리겠습니다. 여러 문자들
의 밀린 빚이 산처럼 쌓여서 한가함을 얻기가 어렵지 않나 싶습니다.
그러나 족하께서 부탁하신 바는 또한 마땅히 특별히 뜻을 기우리겠
습니다.

○재복(再復)　　　　　　　　　　　　　　　　　　　　설루(雪樓)

　　몹시 감사하고 몹시 감사합니다.

○품(稟)　　　　　　　　　　　　　　　　　　　　　　설루(雪樓)

　　공께서 사사(師事)한 사람은 누구십니까?

○복(復)　　　　　　　　　　　　　　　　　　　　　　제암(濟庵)

　　그 삶을 말해주더라도 족하께서 어지 알겠습니까?

○품(稟)　　　　　　　　　　　　　　　　　　　　　　설루(雪樓)

　　다만 현자(賢者)의 성명을 듣고자 할 뿐입니다. 한 번 성명을 알면,
혹시 훗날 그 책을 얻으면 그 학맥의 바름을 보고자 합니다.

○복(復)　　　　　　　　　　　　　　　　　　　　　　제암(濟庵)

　　세상에 퇴계(退溪)와 율곡(栗谷)이 없으니, 스승이라 할 수 없고, 제
자라고 할 수 없습니다.

○ 품(稟) 설루(雪樓)

진동완(陳東莞)[23]의 『학부통변(學蔀通辨)』은 어떻습니까?

○ 복(復) 제암(濟庵)

매우 순정(醇正)하여서, 우리나라 퇴계와 율곡이 몹시 칭송했습니다.

○ 품(稟) 설루(雪樓)

『중산전신록(中山傳信錄)』[24]을 형께서는 보셨는지요?

○ 복(復) 해고(海皐)

보지 못했습니다.

○품(稟)   설루(雪樓)

청(淸)나라 서보광(徐葆光)[25]이 찬술한 것인데, 그 나라의 일을 매우 상술하여서, 『해동제국기(海東諸國記)』가 비할 바가 아닙니다. 대개 사명을 받들고 가서 체류하는 사이에 상세히 서술한 것입니다. 그 토속(土俗)이 일본과 몹시 동일한 것은 대개 우리 살마주(薩摩州)의 부용(附庸)으로 삼았기 때문입니다.

○복(復)   해고(海皐)

소유구(小琉球)는 곧 대유구(大琉球)의 종실(宗室)입니다.

○품(稟)   설루(雪樓)

종실이란 것은 무엇입니까?

○복(復)   해고(海皐)

중산왕(中山王)입니다.

─────────────────────────────

25 서보광(徐葆光) : 생졸년은 1671~1723. 자는 양직(亮直), 호는 징재(澄齋), 별호는 이우노인(二友老人). 강희(康熙) 57년(1720)에 유구부사(琉球副使)로 유구에 다녀왔음.

○품(稟)   설루(雪樓)

　경장(慶長) 중에 살마후가구(薩摩侯家久)가 군사를 파견하여 중산(中山)을 멸망시키고, 왕(王) 상녕(尙寧)을 사로잡아서, 대군(大君)에게 보내어 알현하게 했습니다. 중산은 영원히 부용(附庸)이 되기를 청했으니, 소유구(小琉球)가 아니고, 곧 상도대유구(尙島大琉球)입니다. 지금은 살마신(薩摩臣)이 되었습니다.

○복(復)   해고(海皐)

　이미 들었습니다.

○품(稟)   제암(濟庵)

　육(陸)·왕(王)[26]의 글에서 또한 이미 처음부터 끝까지 간장(奸贓)을 파악했습니까?

○복(復)   설루(雪樓)

　저는 순일(純一)하게 『주자어류(朱子語類)』와 문집(文集)을 읽었고,

---

26 陸王(육왕) : 왕수인(王守仁)과 육구연(陸九淵). 모두 주희(朱熹)의 설과는 다른 심학(心學)을 주창했음.

육(陸)·왕(王)의 글은 많이 읽지 못했습니다. 비록 그렇지만, 왕씨(王氏)의 격물관죽(格物觀竹)의 의문은 분명히 간파했고, 만년의 정론(定論)도 취할 만하지 않습니다. 매우 충분히 왕(王)의 간(姦)함을 알았고, 육(陸)의 학문에 대해서는, 주자의 설이 요연(瞭然)합니다.

○품(稟)　　　　　　　　　　　　　　　　　　　　제암(濟庵)

학로(學路)가 몹시 순정(醇正)하니, 몹시 경복(敬服)할 만합니다. 근세에 장중극(張中亟)의 정집(訂集)에 송(宋)·원(元)·명(明) 제유(諸儒)의 글을 모두 실어놓았는데, 족하께서는 본적이 있습니까?

○복(復)　　　　　　　　　　　　　　　　　　　　설루(雪樓)

저는 보지 못했습니다.

○품(稟)　　　　　　　　　　　　　　　　　　　　제암(濟庵)

우리나라에 있을 때 그것을 보았는데, 일명 『성리전서(理學全書)』라고 합니다.

○복(復)　　　　　　　　　　　　　　　　　　　　설루(雪樓)

저도 마땅히 서림(書林)에서 그것을 찾아보겠습니다.

○품(稟)　　　　　　　　　　　　　　　　　　　　설루(雪樓)

부채 3자루를 삼가 박공(朴公)과 두 분 이공(李公)께 받들어 드립니다. 부채 면에 시를 쓴 자는 삼정친화(三井親和)인데, 자는 유경(儒卿)이고, 신농주(信濃州) 추방(諏訪) 사람입니다. 광택선생(廣澤先生)을 스승으로 모셨는데, 글씨를 잘 쓰는 것으로써 동무(東武)에서 유명하고, 문인들이 매우 많습니다. 시를 지은 자 중 장민(長民)은 우리 상재선생(尙齋先生)의 아들이고, 경란(景鸞)은 파마주(播磨州) 적석(赤石) 유학(儒學)이고, 백린(伯鄰)은 원군(源君美門) 사람입니다.

○선면시

扇面詩 3수

　　　　　　　　　　　　(용호(龍湖) 삼정친화(三井親和)가 글씨를 썼다.)

황월에 바람 일고 철마가 나는데　　　　　　黃鉞風生鐵馬飛

의사가 융의를 부끄러워함을 홀로 사랑하네　　獨憐義士媿戎衣

훗날 화산의 봄 안개가 푸르더라도　　　　　　華山他日春烟綠

수양산 바위가의 고사리엔 미치지 못하리라　　不及首陽岩畔薇

(위는 양전경란(梁田景鸞)의 〈제백이고마도시(題伯夷叩馬圖詩)〉)

찬 비 슬픈 바람 속 기러기가 울고	寒雨悲風雁叫
무수한 산과 물로 사람이 돌아가네	千山萬水人歸
평생의 심담이 철석과 같았는데	平生心膽如鐵
금일의 별리로 옷깃을 적시네	今日別離濕衣

(위는 삼택장민(三宅長民)의 〈송인시(送人詩)〉)

남이의 연초를 옛날 누가 심었던가?	南夷烟草昔誰栽
실로 썰어 소반에 작은 더미를 이루었네	縷切盤中小作堆
푸른 대롱에 술기운이 통함이 아니고	不是碧筒通酒氣
마땅히 옥관에 갈대재[27]가 날리게 해야 하리	應須玉管動葭灰
산중에서 즐겁게 구름을 기증하니	山中怡悅持雲贈
석상에서 담소 날리며 안개를 말아왔네	席上飛談捲霧來
자양선자의 술을 묻지 마오	莫問紫陽仙子術
찬하흡경이 봉래에 이르렀네	餐霞吸景到蓬萊

(위는 익전백린(益田伯隣)의 〈영연초시(詠烟艸詩)〉)

○ 복(復)

구헌(矩軒)

선시(扇詩)는 고아하면서 경발(警拔)한데, 필(筆)이 매우 종횡하여 기(氣)가 있습니다. 모두 동남에서 얻기 어려운 보배입니다. 이를 얻으니, 공벽(拱璧)과 같을 뿐만이 아닙니다.

---

27 옥관(玉管)에 갈대재 : 고대에 12달의 12율관(律管)에 갈대재를 넣어서 해당 달의 율관의 재가 날림을 살펴서 시후를 점쳤다.

○복(復)　　　　　　　　　　　　　　　　　　　해고(海皐)

　문필(文筆)이 모두 고아합니다. 동쪽으로 드물게 본 것입니다.

○품(稟)　　　　　　　　　　　　　　　　　　　설루(雪樓)

　경란(景鸞)의 〈제백이도시(題伯夷圖詩)〉는 은미한 뜻이 있는데, 귀
하의 뜻은 어떠합니까?

○복(復)　　　　　　　　　　　　　　　　　　　제암(濟庵)

　기탁한 뜻이 있는 듯한데, 이는 『정헌유언(靖獻遺言)』의 여파(餘派)
에서 나온 것입니까?

○품(稟)　　　　　　　　　　　　　　　　　　　설루(雪樓)

　『유언(遺言)』을 한 번 본적이 있습니까? 이미 귀국에 전해졌습니까?

○복(復)　　　　　　　　　　　　　　　　　　　제암(濟庵)

　듣기는 했으나, 보지 못했습니다.

○品(稟)   설루(雪樓)

『최치원연대력(崔致遠年代曆)』은 지금 남아있습니까? 권수(卷數)는
얼마입니까?

○복(復)   제암(濟庵)

이 책은 있지 남아있지 않습니다.

○품(稟)   설루(雪樓)

심장형(深藏兄)이 지은 『독시요령(讀詩要領)』과 『맹자고증(孟子考證)』
을 공께서는 열람하셨습니까?

○복(復)   구헌(矩軒)

『맹자고증』은 이미 보내왔는데, 날마다 바쁘고 소란스러워서 잠
시 눈을 붙이지 못했습니다. 그 나머지는 얻어 보지 못했습니다.

○품(稟)   설루(雪樓)

전일에 해고공(海皐公)께서 시를 내려주셔서 "어찌하여 백설루(白

雪樓)라고 이름을 지었는가? 원미(元美)와 우린(于鱗)의 혼을 다시 부
르려는 것이네"라고 했는데, 몹시 제 뜻이 아닙니다. 즉시 일찍이
지은 「설루기(雪樓記)」를 받들어 보여서 조롱하심을 풀고자 합니다.
공께서는 부디 살펴주시기를 바랍니다. 이 기(記)를 지을 때 저는 아
직 벼슬을 하고 있었기 때문에 기(記) 안에 "공무(公務)에서 물러나오
면" 등의 구절이 있습니다.

○ 설루기(雪樓記)(부(附))

　설루(雪樓)는 강성(江城) 북쪽에 있는데, 작으면서 또한 나직하다.
남쪽을 향하고 북쪽을 등졌는데, 성시(城市)가 가깝고 땅은 협소하다.
푸른 이끼가 계단에 침범했고, 초록 대나무가 담을 둘렀다. 창문을
대한 것은 멀리는 부악(富嶽)이고, 가까이는 성시일 뿐이다. 닭 울음
과 개 짖는 소리로 누워서 만가(萬家)의 조밀함을 알 수 있고, 수레소
리와 말울음으로 앉아서 대로의 번화함을 짐작할 수 있다. 깊으면서
도 후미지지 않고, 간격이 있으나 넓지는 않다. 누의 주인은 세속적
이면서 이아(爾雅)[28]한데, 관리이면서 은자와 같다. 황권(黃卷 : 서책)
을 끼고, 푸른 양탄자에 앉으면, 저도진모(褚陶陳毛)[29]의 무리가 때맞
추어 서로 좇아오지 않음이 없다. 이 누에 오르는 자는 동료(同僚)가
아니고 동지(同志)들이고, 경(經)을 담론하는 자가 아니고 사객(詞客)

---

28 이아(爾雅) : 문아(文雅).
29 저도진모(褚陶陳毛) : 종이와 붓 같은 문방구를 말함.

의 부류들일 뿐이다. 오면 비록 한 마디로 면할 수 없지만, 부서(簿書)로 모임을 기약한다. 종종 궐리(闕里)[30]에서 드물게 말한 바와 노수(魯叟)[31]의 아어(雅言)를 담론하고, 고금을 논의하고, 노석(老釋 : 노자와 석가)을 걸러낸다. 시부(詩賦)는 성령(性靈)을 베껴낼 수 있고, 금주(琴酒)는 사악한 더러움을 쓸어버릴 수 있으니, 어찌 세속적이면서 이아(爾雅)한 자가 아니겠는가? 성궐(城闕)을 바라보면 웅풍(雄風)이 이르고, 시맥(市陌)을 대하면 자풍(雌風)이 문득 일어난다. 성근 발을 반쯤 걷으면 새 달이 친히 임하니 모두 응시하고 옷깃을 흩을 수 있다. 봄에는 새소리가 좋고, 가을에는 벌레소리가 좋다. 연하(煙霞)가 사립문을 비추고, 운무가 산굴에서 나온다. 누는 비록 작고 나직하지만, 이 때문에 또한 버릴 수가 있겠는가? 주인은 공무에서 물러나온 후에 서로 대하고 근심을 잊으니 곧 물외(物外)의 생각이 있다. 어찌 관리이면서 은자와 같은 자가 아니겠는가? 어떤 객이 문에서 맞이하는 동자에게 말하기를 "주인이 누의 이름을 지은 것이 풍월(風月)이나 연하(烟霞), 전망 중의 여러 승경으로 하지 않고, 특히 설(雪)로써 이름을 지은 것은 도리어 어떤 설이 있어서인가?"라고 했다. 동자가 말하기를 "주인은 맑음을 좋아함이 있는데, 치지(致知)의 학(學)을 가장 좋아합니다. 설(雪)이란 것은 조화(造化)의 맑은 것입니다. 지(智)는 현(玄)이 되고, 동(冬)은 정(貞)이 됩니다. 동(冬)은 설(雪)의 때이고, 설(雪)은 동(冬)의 꽃이라 것입니다. 때를 아는 것은 역(易)이 숭상하

---

30 궐리(闕里) : 공자(孔子)의 고향 마을. 산동성 곡부(曲阜).
31 노수(魯叟) : 공자(孔子).

는 바이고, 꽃은 열매의 기초가 되는 바입니다. 또한 설(雪)이 이 누
에 있으면, 천문만호(千門萬戶)가 경요(瓊瑤)에 시선을 빼앗기고, 부악
(富嶽)의 팔봉(八峯)이 멀리서 서로 비춥니다. 등륙(滕六)[32]이 수레를
머무르고, 사람의 뼈를 맑게 하니. 토원(兔園)[33]의 간책(簡冊)을 받더
라도 어찌 참람하겠습니까? 주인집은 본래 가난하여 설(雪)로써 촛불
을 대신했습니다. 그 사이에서 위로 고인(古人)들과 벗을 하니, 치지
(致知)로써 하는 바가 아닙니까? 어찌 몹시 유쾌하지 않겠습니까? 어
찌 몹시 유쾌하지 않겠습니까? 주인이 누에 이름을 지은 것이 풍월
(風月)이나 연하(烟霞), 전망 중의 여러 승경으로 하지 않고, 특히 설
(雪)로써 이름을 지은 것은 대개 이 때문일 뿐입니다. 아! 백이(伯夷)
의 맑음이 비록 편협하지만, 군신(君臣)의 의리는 만세(萬世)에서 본
받아서, 나약하고 완악한 사람에게 뜻을 세우게 합니다. 주인은 명분
을 바르게 하고 분수를 지키려고 하지만, 예법(禮法)에 능하지 못합
니다. 맹자(孟子)가 말하기를 '지혜로움을 미워하는 까닭은 그 천착
함 때문이다'[34]고 했습니다. 주인의 독서와 처사(處事)는 요컨대 천착
하지 않으면 능하지 못합니다. 이 때문에 아마 이름으로 인하여 스
스로 계면(戒勉)하여 알아서 행하려는 것이 아니겠습니까?"라고 했

---

32 등륙(滕六) : 전설 속의 설신(雪神)의 이름.
33 토원(兔園) : 한(漢)나라 양효왕(梁孝王) 유무(劉武)가 축조한 원유(園囿)의 이름. 유상
(遊賞)하고 빈객들을 접대했던 곳. 하남성 상구현(商丘縣) 동쪽에 있음. 남조 송(宋)나라
사혜련(謝惠蓮)의 〈설부(雪賦)〉에 "양왕(梁王)이 즐겁지 않으면, 토원(兔園)에서 노닐었
다"고 했음.
34 지혜로움을 …… 때문이다 : 『맹자·이루장구(離婁章句)』에 "所惡於智者爲其鑿也."라
고 했음.

다. 객이 들어가서 주인에게 고하니, 주인이 말하기를 "『시(詩)』에서 '타인이 마음을 지녔으니, 내가 그것을 헤아린다'[35]고 했는데, 동자가 그것을 말한 것입니다"라고 했다. 이에 객을 이끌고 누에 올라가서, 노래하기를 "설루(雪樓)에 올라서 앉으니 편안한데, 아! 나는 옛것을 생각하고 도서(圖書)를 껴안았네. 흥회의 청백(淸白)함이 영원이 눈과 같고, 촌심(寸心)이 처음을 저버리지 않기를 바라네"라고 했다. 마침내 저도진모(楮陶陳毛)를 불러다가 기(記)를 지었다.

연향(延享) 2년, 을축년 가을 9월 삭차(朔且). 백설루(白雪樓) 주인 산관유심(山官維深)이 쓰다.

○ 품(稟)   설루(雪樓)

설루(雪樓)라고 명명(命名)한 뜻이 어떠합니까?

○ 복(復)   해고(海皐)

뜻이 몹시 좋습니다. 다른 날에 마땅히 시 한 수로써 받들어 답하여 조롱한 것을 풀어드리겠습니다.

---

35 타인이 …… 헤아린다 : 『시경 · 소아(小雅) · 교언(巧言)』의 구절.

○품(稟)   구헌(矩軒)

　이별의 뜻은 말하지 않겠습니다. 해가 저물어 파해야 함이 가장 한스럽습니다, 나중의 기약을 남겨둘 것을 가장 바라는 바입니다.

○복(復)   설루(雪樓)

　이 다음날에 또 오겠습니다.

○품(稟)   해고(海皐)

　수응(酬應)한 후 서증(署症)[36]이 충만하고, 배는 허기진데, 귀로를 어떻게 건너가시겠습니까? 걱정스러워 묻습니다.

○복(復)   설루(雪樓)

　이미 행주(行廚)가 있으니, 공께서는 우려하지 마십시오. 몹시 사랑해주심을 받드니, 사례할 바를 모르겠습니다.

화한필담(和韓筆談) 훈풍편(薰風編) 중권 끝.

---

36 서증(署症) : 무더위 병.

和韓筆談 薰風編 卷中

○上矩軒朴公尺牘六月五日下同　　　　　　　　　　　　雪樓

昨始坐了春風, 和氣一團, 殆使僕心醉. 嗚呼! 其生也, 各在風馬牛不相及之地, 而忽乔斯同堂, 合席之歡, 何其幸耶? 何幸耶? 加賜以珠玉數篇, 而貧兒暴富, 虛而往, 實而歸, 不知所謝. 謹賦鄙詩一章, 奉呈案下, 趨候在近. 伏祈照鑒, 不備.

○奉呈矩軒　雪樓

賓館逍遙翰墨林, 江城風雨晝陰陰. 文字飲中更相約, 臭蘭不隔兩邦心.

○上濟庵李公尺牘　雪樓

昨始接眉宇, 鄙吝頓盡, 加以賜和章數四, 殆如獲天球大貝, 感謝之深, 不啻桃花潭, 多幸多幸, 謹奉和富嶽盛韻以充謝. 近日當趨候, 書不能悉, 思亮之亮之, 不備.

○次富士山韻　雪樓

縹渺彩雲五色賖, 影涵滄海不容遮. 萬年特地鍾眞氣, 六月中天懸雪花.

○ 上海皐尺牘　雪樓

僕, 夜閱斗牛者, 久. 昨得親觀龍泉·太阿, 怳然自失. 嗚呼! 精光之
射人, 可謂甚矣. 歸後, 猶覺秋水之精, 輝煌于心目焉耳. 謹兹奉和惠
韻及箱根作, 又贈一詩以擬謝. 非呴鼠而嚇鳳也. 又非以木瓜報瓊瑤
也. 永以爲好而已. 『詩』曰 : "采葑采菲, 莫以下体." 趨候在近, 書不盡
心, 唯冀諒察. 不備.

○ 和箱根作　　　　　　　　　　　　　　　　　　　雪樓

翠嶺萬重霧未晴, 湖光開鏡獨淸明. 關門紫氣迎仙色, 谷口白雲隔
鳥聲. 瑤草瓊花雖悅目, 怪巖奇石忽驚情. 莫言行路險如此, 使者長留
叱馭名.

○ 奉和海皐見贈韻二首　　　　　　　　　　　　　　雪樓

雲氣幾重鎖海門, 鄉心何異使河源. 杜鵑聲急萬家雨, 夢後空傷客
裡魂.

聖學由來自有門, 閩中湧出是淵源. 千年寒水與秋月, 照得古今君
子魂.

○ 稟(六月七日, 下同)　　　　　　　　　　　　　　雪樓

一雨後蒸暑. 伏惟三君起居多福, 曷堪雀躍? 前日始奉, 慇懃之餘
歡, 感謝囡罄. 再趨案下, 謹侯動履, 日昨之昨, 託蘭庵公, 呈牘及詩,
不知旣落諸公手否.

一豚兒, 名維張, 年十二, 纔慣句讀, 羨父之獲識荊, 漫奉呈俚言.

僕惟茲息且稟受薄弱, 以故甚有舐犢之意, 日復一日, 空致遊戲消日, 雖教作詩, 而未能善調聲; 雖教書字, 而未能正字畫. 雖然, 小兒之志, 亦不可徒止. 遂携其詩, 以奉呈案下. 伏冀諸公賜和以勉其志, 則僕之願也. 公其幸察諸.

奉寄朝鮮國矩軒濟庵海皐三先生臺下 十二童山官維張

五色彩雲護使車, 三韓日本共文華. 故山路遠萬餘里, 元自丈夫不憶家.

○ 復 　　　　　　　　　　　　　　　　　　　　　矩軒

連日汩擾, 病憊不能起. 荷此再訪, 何喜如之? 令郎詩, 宛轉如盤中之珠. 足下福抑天矣, 可賀. 日昨之書與詩, 俱同領, 而因假和謝. 今幸面奉多少, 都在筆舌.

○ 復 　　　　　　　　　　　　　　　　　　　　　濟庵

殊有鳳毛

○ 和贈山官童子 　　　　　　　　　　　　　　　　　濟庵

方朔呀呀弄電車, 東溟謫下筆生華. 丹山鸑鷟無凡羽, 詩禮庭前勉克家.

○ 和贈武藏童子 　　　　　　　　　　　　　　　　　海皐

巫峯秀色落征車, 彩雲披拂問東華. 人歸萬里詩隨篋, 丹穴祥毛說謝家.

○ 稟 　　　　　　　　　　　　　　　　　　　　　　雪樓

豚兒詩, 特蒙盛賞. 愈當勉勵誘掖耳. 唯願賜和以視之几右, 永以爲
監戒警策.

○ 復 　　　　　　　　　　　　　　　　　　　　　　矩軒

後日, 可持來

○ 奉白諸君子 　　　　　　　　　　　　　　　　　　矩軒

今日, 奉受回答國書云云, 筆語以竟晷無妨耳.

○ 復 　　　　　　　　　　　　　　　　　　　　　　雪樓

所示, 敢不從命.

○ 稟 　　　　　　　　　　　　　　　　　　　　　　雪樓

『日本書紀』書韓地交通之諸國, 有安羅國·任那國·加羅國·耽羅
國·散牛奚國·斯二岐國·卓淳國·喙國卒痲國. 加羅國, 卽駕洛國王
金首露所治乎? 任那王姓, 未聞. 其餘國, 今何在?

○ 復 　　　　　　　　　　　　　　　　　　　　　　濟庵

書籍, 無可徵.

○ 稟 　　　　　　　　　　　　　　　　　　　　　　雪樓

耽羅, 卽濟州地否? 星主之後, 今存否?

○復 　　　　　　　　　　　　　　　　　　　　　濟庵
星主之後, 爲高氏・梁氏.

○稟 　　　　　　　　　　　　　　　　　　　　　雪樓
『日本紀』註, 引「百濟本記」, 今不傳. 貴國尙存否?

○復 　　　　　　　　　　　　　　　　　　　　　濟庵
有

○稟 　　　　　　　　　　　　　　　　　　　　　雪樓
檀君, 『東國通鑑』若爲檀氏者, 『東國史略』卽爲桓氏, 不知孰是.

○復 　　　　　　　　　　　　　　　　　　　　　濟庵
檀氏, 是也.

○稟 　　　　　　　　　　　　　　　　　　　　　雪樓
新羅國, 初稱居西干, 呼貴人之稱也. 又稱次次雄, 神之之辭, 尼師今, 齒理之稱. 其他麻立干之類, 方言, 今尙存否?

○復 　　　　　　　　　　　　　　　　　　　　　海皐
羅氏俗語, 今士大夫恥言之. 所稱付之, 書契以前.

○稟 　　　　　　　　　　　　　　　　　　　　　雪樓
『東諺傳』卷數, 作者, 如何?

○ 復 　　　　　　　　　　　　　　　　　　　　　　　　海皐

『東諺傳』, 不知爲何名.

○ 稟 　　　　　　　　　　　　　　　　　　　　　　　　雪樓

正德聘使書記君, 答我人曰:"『東諺傳』, 有王仁入日本事."

○ 復 　　　　　　　　　　　　　　　　　　　　　　　　海皐

此書, 不過里巷文字. 非學士輩所常見, 故曾未詳見.

○ 稟 　　　　　　　　　　　　　　　　　　　　　　　　雪樓

『高麗史』作者 · 卷數, 願聞之. 『麗史提綱』, 僕嘗一見, 忘其作者,
好書否.

○ 復 　　　　　　　　　　　　　　　　　　　　　　　　海皐

『高麗史』, 鄭麟趾等所纂. 『麗史提綱』, 兪棨(號市南先生)著.

○ 稟 　　　　　　　　　　　　　　　　　　　　　　　　雪樓

淸乾隆主文集, 傳于我邦. 未知貴國亦傳否.

○ 復 　　　　　　　　　　　　　　　　　　　　　　　　海皐

二十冊, 辛酉年出來.

○ 稟 　　　　　　　　　　　　　　　　　　　　　　　　雪樓

僕, 本期乘間, 從容質正朱夫子書載退溪節要者之中所未解者, 唯
以舘中擾擾, 不得如意. 他日當別作問目, 託蘭庵公, 呈諸旅中耳. 幸

賜批答. 且雪樓詩及來格說跋語. 願乘間而賜之. 僕之門人小子數十
輩, 皆望之. 如霓之於旱上月典則, 僕之門人小子中, 最久者也, 幹門
下事. 願近日賜所奉寄詩之和, 斯僕之至願也.

○ 復 　　　　　　　　　　　　　　　　　　　　　　濟庵
暇日, 當如敎.

○ 又 　　　　　　　　　　　　　　　　　　　　　　矩軒
連日如是汨撓, 恐無閑隙可作, 若有少暇, 敢孤盛意耶. 朱書問目,
當竢之. 諸文字留債山積, 恐難得暇. 然足下所託, 亦當別致意耳.

○ 再復 　　　　　　　　　　　　　　　　　　　　　雪樓
深感深感

○ 稟 　　　　　　　　　　　　　　　　　　　　　　雪樓
公所師事, 何人?

○ 復 　　　　　　　　　　　　　　　　　　　　　　濟庵
雖言其人, 足下何以知之.

○ 稟 　　　　　　　　　　　　　　　　　　　　　　雪樓
唯欲聞賢者之姓名耳. 一知姓名, 則或他時得其書, 而以見其學脈
之正.

○ 復　　　　　　　　　　　　　　　　濟庵
世無退·栗, 則不曰師曰弟子.

○ 稟　　　　　　　　　　　　　　　　雪樓
陳東莞『學蔀通辨』, 何如?

○ 復　　　　　　　　　　　　　　　　濟庵
甚醇正, 我國退·栗, 多稱之.

○ 稟　　　　　　　　　　　　　　　　雪樓
『中山傳信錄』, 兄觀之否?

○ 復　　　　　　　　　　　　　　　　海皐
未見.

○ 稟　　　　　　　　　　　　　　　　雪樓
清徐葆光所纂, 甚詳其國事. 非海東諸國記之比. 蓋奉使留滯之間, 所詳之也. 其土俗, 與日本太同, 蓋以爲我薩摩州附庸也.

○ 復　　　　　　　　　　　　　　　　海皐
小琉球, 卽大琉球宗室也.

○ 稟　　　　　　　　　　　　　　　　雪樓
宗室者, 何耶?

○復　　　　　　　　　　　　　　　　　　　　海皐
中山王也.

○稟　　　　　　　　　　　　　　　　　　　　雪樓
慶長中, 薩摩侯家久遣兵滅中山, 擒王尙寧, 而歸見之于大君中山,
請永爲附庸. 非小琉球, 卽尙島大琉球也. 至今爲薩摩臣.

○復　　　　　　　　　　　　　　　　　　　　海皐
已聞之

○稟　　　　　　　　　　　　　　　　　　　　濟庵
陸·王之書, 亦已從頭至尾, 把捉奸贓否?

○復　　　　　　　　　　　　　　　　　　　　雪樓
僕, 純一讀『朱子語類』·文集, 未多讀陸王書. 雖然, 如王氏格物觀
竹之疑, 則分明看破, 至如晚年定論, 則不足取. 最足以知王之姦, 陸
之學, 朱子說瞭然

○稟　　　　　　　　　　　　　　　　　　　　濟庵
學路甚醇, 深足敬服. 近世有張中丞訂集, 盡載宋·元·明諸儒之
書. 足下曾見之否?

○復　　　　　　　　　　　　　　　　　　　　雪樓
僕, 未之見.

○ 稟　　　　　　　　　　　　　　　　　　濟庵
在我國時見之, 一名『理學全書』

○ 復　　　　　　　　　　　　　　　　　　雪樓
僕, 當索諸書林

○ 稟　　　　　　　　　　　　　　　　　　雪樓
扇子三柄, 謹奉貽朴公二李公. 扇面書詩者, 三井親和, 字孺卿, 信濃
州諏訪人. 師事廣澤先生, 以善書名于東武, 門人甚多. 作詩者, 長民,
則我尙齋先生之子; 景鸞, 則播磨州赤石儒學; 伯鄰, 則源君美門人.

○ 扇面詩三首(龍湖三井親和書)
黃鉞風生鐵馬飛, 獨憐義士媿戎衣. 華山他日春烟綠, 不及首陽岩
畔薇.(右, 梁田景鸞, 〈題伯夷叩馬圖詩〉)
寒雨悲風雁叫, 千山萬水人歸. 平生心膽如鐵, 今日別離濕衣.(右,
三宅長民〈送人詩〉)
南夷煙草昔誰栽, 縷切盤中小作堆. 不是碧筒通酒氣, 應須玉管動
葭灰. 山中怡悅持雲贈, 席上飛談捲霧來. 莫問紫陽仙子術, 餐霞吸景
到蓬萊.(右, 益田伯隣〈詠炯艸詩〉)

○ 復　　　　　　　　　　　　　　　　　　矩軒
扇詩, 雅而警. 筆甚縱橫有氣, 俱是東南難得之寶. 得之, 不啻如拱壁.

○ 復　　　　　　　　　　　　　　　　　　海臯
文筆, 俱雅. 東來罕見.

○ 稟 雪樓

景鸞〈題伯夷圖詩〉, 有微意. 尊意何如?

○ 復 濟庵

似有托意, 此出於靖獻遺言之餘派耶?

○ 稟 雪樓

『遺言』, 曾一觀否? 已傳貴國否?

○ 復 濟庵

聞, 而未見之.

○ 稟 雪樓

『崔致遠年代曆』, 今存否? 卷數幾?

○ 復 濟庵

此冊, 無有.

○ 稟 雪樓

深藏兄著 『讀詩要領』・『孟子考證』, 公觀之否?

○ 復 矩軒

『孟子考證』已來, 而日日忙擾, 姑未掛眼. 其他, 未得見之.

○稟　　　　　　　　　　　　　　　　　　　　　　　　　雪樓

前日, 海皐公, 賜詩曰：“如何白雪樓爲號, 元美于鱗再返魂.” 大非僕志, 卽奉示所嘗作〈雪樓記〉, 以解嘲, 公幸察諸. 作此記時, 僕尙仕, 故記中有退公等句.

雪樓記(附)

雪樓, 在江城北, 小而且矮, 南鄕北背, 市近地狹. 靑苔侵階, 綠竹繞垣. 對窓者, 遠而富嶽, 近而城市而已. 鷄鳴狗吠, 臥足以知萬家之稠密. 車聲馬嘶, 坐足以卜大道之繁華. 幽而不僻, 間而不曠. 樓之主人, 俗而爾雅, 吏而如隱. 擁黃卷, 坐靑氈, 楷陶陳毛之徒, 靡不時而相從來. 登斯樓者, 非同僚, 則同志之人; 非譚經, 則詞客之流耳. 至則雖未免一言, 簿書期會, 而往往談闕里之所. 罕言及魯叟之雅言, 論議今古沙汰老釋. 詩賦, 可以寫性靈; 琴酒, 可以掃邪穢, 豈非俗而爾雅者乎? 望城闕, 則雄風至; 對市陌, 則雌風忽生. 疎簾半捲, 新月親臨, 皆足以凝眸散襟. 春宜鳥聲, 秋宜蟲鳴, 煙霞照扉, 雲霧出岫. 樓雖小而矮, 斯亦可棄哉? 主人, 退公之餘, 相對忘憂, 乃有物外之思, 豈非吏而如隱者乎? 有客, 問應門之童曰：“主人之名樓, 不以風月炯霞, 望中之諸勝, 而特命以雪, 抑有說耶?” 童曰：“有主人好淸, 最喜致知之學. 雪者, 造化之淸者也. 智爲玄, 冬爲貞. 冬則雪之時, 而雪則冬之華者也. 知時, 易之所尙, 而華則實之所基乎. 且雪之於斯樓也, 千門萬戶, 瓊瑤奪目. 富嶽八峯, 遙遙相映. 媵六駐駕, 以淸人骨. 兔園之簡, 雖授而何僭? 主人家, 素貧, 代燭以雪, 尙友古人於其間, 所以致知乎? 豈不太快哉? 豈不太快哉? 主人之名樓, 不以風月炯霞, 望中之諸勝, 而特以雪者, 蓋爲是耳. 嗚呼! 伯夷之淸, 雖隘, 而君臣之義, 萬世則之懦頑立志. 主人, 欲正名分守, 禮法而未能. 孟子曰：所惡乎智爲其鑿也. 主人讀書處事, 要不鑿而未能. 此其所以因名而自戒勉知與行乎."客入告主人, 主人曰:"詩云:'他人有心, 予忖度之'者, 童子之謂也."乃携客登樓, 歌曰:"登雪樓兮坐舒舒, 嗟予思古擁圖書. 胸懷淸白永如雪, 願使寸心不負初."遂徵楮陶陳毛爲記. 延享二年, 歲在乙丑秋九月朔旦. 白雪樓主人山官維深記.

○ 稟　　　　　　　　　　　　　　　　　　　　　　　　雪樓

雪樓命名之意, 何如?

○ 復　　　　　　　　　　　　　　　　　　　　　　　　海皐

意, 甚善矣. 他日, 當以一詩, 奉答, 解嘲.

○ 稟　　　　　　　　　　　　　　　　　　　　　　　　矩軒

別意不須說. 最恨日暮當罷, 如留後期, 最所望也.

○ 復　　　　　　　　　　　　　　　　　　　　　　　　雪樓

明後日, 又將來.

○ 稟　　　　　　　　　　　　　　　　　　　　　　　　海皐

酬應之餘, 署症充滿, 腹小, 則歸路, 何以跋涉? 愁問之.

○ 復　　　　　　　　　　　　　　　　　　　　　　　　雪樓

旣有行廚, 公其無憂. 深荷愛憐, 不知所謝.

화한필담 훈풍편 권하

和韓筆談 薰風編 卷下

화한필담 훈풍편 권하

산관선생(山官先生) 저(著), 화한필담(和韓筆談) 훈풍편(薰風編)
동무서사문창각수재(東武書肆文昌閣壽梓)

○ 픔(稟) (6월 9일, 아래도 동일함)   설루(雪樓)

　흐림과 맑음이 정해지지 않았는데, 기거(起居)가 편안하시니, 몹시
축하하고 축하합니다. 지난번에 남은 정을 다하지 못하여, 삼가 이처
럼 문후를 받들었습니다.

○ 복(復)   제암(濟庵)

　다시 지미(芝眉)를 접하고서 만 리의 이별을 하려고 바야흐로 기다
렸는데, 이처럼 방문을 받으니, 얼마나 고생하고 부지런하신지 감개
하고 감개합니다. 저희들은 돌아갈 날이 점차 가까워졌는데, 한편으
로는 기쁘고 한편으로는 슬픕니다. 지금부터 영원히 각자의 하늘 아

래 사람이 될 것입니다. 정이 얽혀 떨어지고 합하니, 다만 사람을
추악하게 만듭니다.

○복(復)   구헌(矩軒)

지난번에 몹시 겨를이 없어서 남은 한스러움이 특히 절실했는데,
이처럼 삼고(三顧)를 받으니 지극한 감개를 어떻게 감당합니까? 저희
들은 돌아갈 날이 점차 가까워서 이별의 뜻이 슬픕니다. 오늘 고별
을 마쳐야 하는지, 발행 전에 마땅히 한 봉의 편지를 써야 하는지
모르겠습니다.

○품(稟)   설루(雪樓)

저는 오늘 고별을 하려고 하니 대단히 정을 이루기 어렵습니다.
다만 또 송서(送序)가 있어서, 장차 받들어 기증하려고 합니다. 본래
사자를 파견할 편의가 있습니다.

○품(稟)   설루(雪樓)

공 등의 돌아갈 기한이 날로 가까워지는데, 저는 석우풍(石尤風)[1]이
될 수 없으니. 슬픔과 한을 어찌합니까? 오늘 회포를 다 기울이기를

원할 뿐입니다.

○복(復)　　　　　　　　　　　　　　　　　　　　해고(海皐)

　연일 방문해주심을 바랐는데, 감사함을 어찌 감당하겠습니까? 다만 시화(詩話)로써 석우풍을 대신하심이 어떠합니까?

○픔(稟)　　　　　　　　　　　　　　　　　　　　설루(雪樓)

　『당육전(唐六典)』이 우리나라에 전한 것은 명(明)나라 정닥(正德)·가정(嘉靖) 2판(版)일 뿐인데, 모두 마멸됨이 많습니다, 귀방(貴邦)에 관각(官刻)과 사간(私刊) 중 잘못이 없는 본이 있는지 모르겠습니다.

○복(復)　　　　　　　　　　　　　　　　　　　　해고(海皐)

　『육전(六典)』은 우리나라에는 간본(刊本)이 없습니다. 다만 중비서(中秘書)와 귀인(貴人) 학사가(學士家)에서 명조(明朝)의 구본(舊本)을 소장하고 있는데, 간혹 연사(燕肆)[2]에서 사오지만, 또한 모두 명나라

---

1 석우풍(石尤風) : 역풍(逆風). 중국의 어떤 상인 석씨(石氏) 여자와 결혼했는데, 석씨는 먼 길을 떠난 남편을 그리워하다가 병이 들어 죽으면서 큰 바람이 되어 세상의 연인들을 위해 먼 길의 행상을 막겠다고 했다. 그래서 역풍을 석우풍이라고 함.

때의 구본일 뿐입니다.

○ 품(稟) 설루(雪樓)

『육전』은 우리 천조(天朝) 양명대상국(陽明大相國)이 여러 유자(儒者)들에게 명하여 교정(校正)하여 새로 간행하게 했는데, 다만 상부(相府)에 수장하고 인간 세상에는 널리 퍼지지 못했기 때문에 제공들께 보여줄 수가 없습니다.

○ 복(復) 해고(海皐)

대상국(大相國)의 교본(校本)을 볼 수 없어서 한스럽습니다.

○ 품(稟) 설루(雪樓)

『경국대전(經國大典)』으로써 보면, 제공(諸公)들이 대군(大君)을 알현하는 날에 입어할 바는 모두 공복(公服)이어야 합니다. 그런데 삼사군(三使君)은 다만 조복(朝服)을 걸쳤고, 삼사군이 관(冠)을 쓴 것은 삼량목잠(三梁木簪)이 아니었습니까? 그 나머지 제관(諸官)들이 쓴 것은 박두(幞頭)가 아니었습니까?

---

2 연사(燕肆) : 연경(燕京)의 서사(書肆).

○복(復)　　　　　　　　　　　　　　　　　　해고(海皐)

　금관(金冠)과 옥패(玉佩)는 우리 조정의 대공회(大公會) 때 입는 것입
니다. 이국에 가는 자도 또한 그렇게 합니다. 여러 집사(執事)들은
오사모(烏紗帽)·흑단령(黑團領)·삼량목잠(三梁木箴)인데,『대전(大典)』
과 같습니다.

○픔(稟)　　　　　　　　　　　　　　　　　　설루(雪樓)

　『대전』이후에는 다시 여러 의제(儀制)를 수개(修改)하지 않았습
니까?

○복(復)　　　　　　　　　　　　　　　　　　해고(海皐)

　여러 조정에서 모두 손수 교시(敎示)하여 모아 기록한 것이 있어
서, 때에 따라서 달고 더하기 때문에 여러 조의(朝儀)에 다르고 같음
이 많습니다.

○픔(稟)　　　　　　　　　　　　　　　　　　설루(雪樓)

　1. 여만촌(呂晚村)[3]의『사서강의(四書講義)』는 제공들이 보았습니
　　까? 소견이 어떠합니까?

1. 양계(梁溪)[4] 왕금유(王金孺)의 『시광대전(詩廣大全)』을 제공들 역시 사용합니까?

一. 『집례속통해(儀禮續通解)』는 어떠합니까?

○복(復)   구헌(矩軒)

만촌(晚村)의 『강의(講義)』는 우리나라 학자들이 모두 숭상하여 의론을 바꿈이 없습니다. 『시광대전』은 본적이 없습니다. 『의례속통해』 또한 취할 만 한 것이 많지만, 완전히 믿을 수는 없고, 참고하여 봄이 좋습니다.

○품(稟)   설루(雪樓)

1. 상평사창법(常平社倉法)을 귀국에서 또한 사용합니까?

1. 『춘추(春秋)』의 『호전(胡傳)』과 『죄전(左傳)』 중에 제공들은 어느 것을 사용합니까?

1. 신주제명(神主題名)과 제사이름을 써서 올릴 때 죄측입니까? 우측입니까?

---

3 여만촌(呂晚村) : 여류량(呂留良, 1629~1683), 명말(明末) 청초(淸初)의 저명한 학자. 자는 장생(莊生), 다른 이름은 광륜(光倫), 자는 용회(用晦), 호는 만촌(晚村), 별호는 치옹(耻翁)·남양포의(南陽布衣). 만년에 삭발하고 승려가 되었다.

4 양계(梁溪) : 강소성 무석현(無錫縣) 서남쪽에 있는 물 이름. 무석의 별칭.

○복(復)   구헌(矩軒)

1. 상평사창법은 사용합니다.

1. 『춘추』의 경연(經筵)에서 『호전(胡傳)』을 사용합니다.

1. 신주(神主)의 호제명(號題名)은 우측을 사용합니다.

○품(稟)   제암(濟庵)

귀방은 서적은 장기(長碕)로 흘러들어 오는 것이 분명히 많습니다.
전장문물(典章文物)에 있어서 그 박통엄습(博通淹習)함이 또한 부족하
지 않습니다. 그런데 관혼상제(冠婚喪祭)의 예(禮)를 견문으로 얻어
본 바에 의하면, 전혀 옛 제도를 준수하지 않은 듯했습니다. 책은
스스로 책일 뿐이고, 사람은 스스로 사람일 뿐이라는 혐의가 없지
않겠습니까?

○복(復)   설루(雪樓)

나라에 만든 법이 있는데, 고금에서 다른 적이 없는 것을 행한다
면, 어찌 반드시 고집하여 옛날에 적합하고, 서쪽에 적합했던 의장
(儀章)과 도수(度數)[5]를 지금과 동쪽에다 행하는 것이 아니겠습니까?
전적(典籍)이 많기 때문에 박아(博雅)한 인사가 살펴서 회통(會通)한

---

5 도수(度數) : 규칙(規則).

바를 전례(典禮)로서 행하는 것입니다. 어찌 옛날의 말절(末節)을 모
각(模刻)[6]하지 않는 것을 사람은 스스로 사람일 뿐이고, 책은 스스로
책일 뿐이라고 말하겠습니까?

○한국의 여러 군자들의 귀국이 가까이에 있어서 객사에 방
　문하여, 즉석에서 지어서 제암과 해고 두 분께 올리다
　韓國諸君子歸在近, 奉訪客舍, 席上賦呈濟庵海皐二公

성 머리에 쌓인 푸름이 비단 창에 격하고　　　　城頭積翠隔窓紗
객사에 두견새 울고 밝은 빗줄기가 비껴있네　　客舍鵑鳴炯雨斜
이별 후 각각의 하늘에서 서로 그리워하는 밤에　別後各天相憶夕
달 밝은 어디서 그대 집을 바라보나?　　　　　月明何處望君家

○설루께 받들어 화답하다
　奉和雪樓

　　　　　　　　　　　　　　　　　　　　　제암(濟庵)

강관에 흐르는 물은 비단처럼 푸르고　　　　江關流水綠如紗
누대 햇살은 창망[7]한데 귤 그림자 비껴있고　　樓日蒼茫橘影斜

---

6 모각(模刻) : 원래의 모습에 비추어 모사(模寫)하여 새기는 것.
7 창망(蒼茫) : 광활하여 끝없는 모양.

산과 바다는 만 겹이나 마음은 막히지 않고　　山海萬重心不隔

용문의 가곡이 소왕가[8]에 있네　　　　　　　龍門歌曲素王家

○설루께 받들어 화답하다

奉和雪樓

해고(海皐)

바다 비가 장막에 침범하니 초록 비단이 젖고　　海雨侵帳潤綠紗

상봉하여 해가 기울까 매번 두려웠네　　　　　相逢每畏日將斜

이별에 임하여 다시 상사곡을 부르고　　　　　臨別更唱相思曲

푸른 바다 첨 겹인데 각자 집으로 돌아가네　　滄海千重各返家

○백설루 제시를 부치다

寄題白雪樓

구헌(矩軒)

누대가 부상의 일월 동쪽에 있는데　　樓在扶桑日月東

난간머리의 호흡이 십주[9]에 통하네　　欄頭呼吸十洲通

봉주와 역하[10]는 우리 도가 아닌데　　鳳州歷下非吾道

---

8 소왕가(素王家) : 소왕(素王)은 공자(孔子)를 말함.

9 십주(十洲) : 전설 속의 신선이 거주한다는 곳.

10 봉주(鳳州)와 역하(歷下) : 봉주는 왕세정(王世貞), 역하는 이반룡(李攀龍). 모두 명나라 후칠자(後七子) 중의 한 사람이었음.

반드시 문인을 눈 속에 세워놓는다네[11]   須使門人立雪中

○박공이 나의 백설루에 제시한 고운을 받들어 화답하다
奉和朴公寄題予白雪樓高韻

설루(雪樓)

지음은 반드시 동서를 묻지 않으니   知音未必問西東

거문고 곡이 조화롭고 정이 절로 통하네   琴曲調和情自通

새 시가 서안을 비추는 것을 문득 보니   忽見新詩照書案

푸른 비단으로 오래 보호하여 작은 누대 안에 있네

碧紗長護小樓中

○설루께 받들어 기증하여 조롱을 풀어드리다
奉贈雪樓解嘲(중권을 참고하여 보아야 함, 아래 여러 시도 같다)

제암(濟庵)

연이어 주신 시에 게으르게 화답하는데   懶題惠連賦

우린[12]의 시는 외우지 않네   不誦于鱗詩

---

11 눈 속에 세워놓는다네[立雪] : 북송(北宋)의 유생(儒生) 양시(楊時)와 유초(游酢)가 그 스승 정이(程頤)를 알현하려고 갔는데, 마침 정이가 눈을 감고 오래 앉아있는 것을 보았다. 두 사람은 시립하고 물러가지 않았는데, 문 밖에 눈이 이미 1척이나 쌓였다고 함. 스승을 공경하고 학문을 돈독히 함을 비유함.

12 우린(于鱗) : 명나라 이반룡(李攀龍)의 호.

| 용문의 현이 끊어지지 않았으니 | 龍門絃未絕 |
| 서로 눈 쌓일 때를 본뜨네 | 相像立雪時 |

○제암이 보여주신 운을 받들어 화답하다
奉和濟庵見贈韻

설루(雪樓)

집은 오천 리 길로 격해 있는데	家隔五千路
사람은 삼백 시[13]에 통하네	人通三百詩
즐겁게 하고 또 전대[14]를 하니	解頤又專對
공을 이룸이 동쪽으로 사신 갈 때이네	功就使東時

○백설루 주인께 받들어 기증하여 조롱을 풀어드리다
奉贈白雪樓主人解嘲

해고(海皋)

양지장수[15]가 삼십 년인데	養志藏修三十年
그대가 함부로 제남[16]의 시편을 배웠나 의심했네	疑君漫學濟南篇
비로소 허실에 새로 흰 빛이 난다는 것[17]을 들으니	始聞虛室新生白

---

13 삼백시(三百詩) : 『시경(詩經)』 3백 편을 말함.
14 전대(專對) : 사신(使臣)을 말함.
15 양지장수(養志藏修) : 뜻을 양성하고 학문에 전념하는 것.
16 제남(濟南) : 산동성 역성현(歷城縣) 치소가 있는 곳. 명나라 이반룡의 고향임.

반딧불과 눈빛이 성현을 도왔네　　　　　　螢雪深宵助聖賢

○운에 의거하여 해고께 받들어 답하다
依韻奉酬海皐

　　　　　　　　　　　　　　　　　설루(雪樓)

오래 앉으니 정이 짙어 채필을 휘날리고　　坐久情濃彩筆翩
누대 앞에 나는 눈발은 영중편[18]이네　　　樓頭飛雪郢中篇
요금을 금일 그대가 타는데　　　　　　　　瑤琴今日君將理
어찌 용문의 일대 현인[19]만 못할 것인가?　那減龍門一代賢

○설루 소주인에게 화답하여 부치다
和寄雪樓小主人

　　　　　　　　　　　　　　　　　구헌(矩軒)

대필이 상지[20]에서 해 수레를 보조하고　　大筆桑池助日車
멀리 강관에 부치니 황화[21]가 엄숙하네　　遠投江舘肅皇華

---

17 허실신생백(虛室新生白) : 사람이 청허무욕(清虛無慾)하여 도심(道心)이 스스로 생겨
　나는 것.
18 영중편(郢中篇) : 고대 초(楚)나라 도성 영중(郢中)의 노래를 말함. 그 중 〈백설곡(白雪
　曲)〉이 있었음.
19 용문의 일대 현인 : 한(漢)나라 이응(李膺)을 말함. 고아한 인물로 유명했음. 그를 만나
　는 것을 용문(龍門)에 오른다고 했음.
20 상지(桑池) : 부상(扶桑)의 함지(咸池). 전설 속의 해가 뜬다는 곳.

미성년인 동자의 두각이 드러났는데   年未成童頭角露

북두성 사이에서 광기가 그대 집을 쏘네   斗間光氣射君家

○픔(稟)   설루(雪樓)

작은 부채 면이 있는데 여행 중의 작품을 써주시기를 바랍니다.

○해중에 묵으며 지은 〈본원사〉시를 백설루를 위해 적다

宿海中作本願寺爲白雪樓題

                               구헌(矩軒)

전망 중에 진짜 육오[22]의 봉우리를 보니   眼中眞見六鰲岺

한 구비를 돌아 지나면 한 구비가 깊네   一曲回過一曲深

사람들이 말하는 신선이 됨을 나는 믿지 않으니 人道成僊吾未信

받들어 잊지 못할 것은 고향생각이네   推擠不忘是鄕心

---

21 황화(皇華) : 『시경·소아(小雅)』의 편명, 서에 "〈황황자화(皇皇者華)〉는 임금이 사신
을 파견할 때 예악으로써 전송한 것이다. 멀리서 광화가 난다는 것이다"라고 했음.

22 육오(六鰲) : 전설 속의 삼신산을 이고 있다는 6마리 큰 거북.

○〈상근호〉시를 설루의 부채 면에 적다
題箱根湖詩于雪樓便面

해고(海皐)

상근호수를 이전에 들은 듯한데	箱根湖水似曾聞
금죽이 서쪽에 우거져 지는 석양빛에 출렁이네	綿竹叢西漾落暉
형세가 빼어나서 산 밖의 바다를 스스로 잊고	勢絶自忘山外海
수증기가 때때로 골짜기 속의 구름을 이끄네	氣蒸時洩洞中雲
나직이 서린 몇 구비가 때때로 드러나고	平蟠幾曲時時見
조용히 높은 그늘을 받아 은은히 나뉘네	靜受層陰隱隱分
오히려 구룡(九龍)이 굴택(窟宅)을 만들어서	猶有九龍成窟宅
백년의 풍우가 밤에 분분하네	百年風雨夜紛紛

○품(稟)

설루(雪樓)

문공(文公)의 〈독서유감시(讀書有感詩)〉[23]를 써서 내려주시면, 장황(裝潢)[24]하여 서재 벽에 걸어두겠습니다.

---

23 독서유감시(讀書有感詩) : 주희(朱熹)의 〈독서유감시〉 "牛畝方塘一鑑開, 天光雲影共徘徊. 問渠哪得淸如許, 爲有源頭活水來."를 말함.
24 장황(裝潢) : 황지(潢紙)로 표구하는 것.

○복(復)　　　　　　　　　　　　　　　　　　　　해고(海皋)

〈독서시〉는 매우 많은데, 어찌 다 기억하겠습니까?

○픔(禀)　　　　　　　　　　　　　　　　　　　　설루(雪樓)

"반무방당(半畝方塘)" 시를 말합니다.

○복(復)　　　　　　　　　　　　　　　　　　　　해고(海皋)

알겠습니다.

○픔(禀)　　　　　　　　　　　　　　　　　　　　설루(雪樓)

"공유천재심(恭惟千載心), 추월조한수(秋月照寒水)" 열 글자를 베껴
서 내려주시기를 바랍니다.

○복(復)　　　　　　　　　　　　　　　　　　　　제암(濟庵)

공의 도(道)에 대한 지향이 바르다고 하겠습니다. 도가 동쪽으로
가지 않겠습니까?

(곧 붓을 들고 이 열 글자를 뒤에다 써주고서 "중연씨(仲淵氏)가 이 시를 베껴주기를
요청하니, 내가 감개하여 적었습니다. 도가 동쪽으로 가지 않겠습니까?"라고 했다.)

○ 픔(稟)　　　　　　　　　　　　　　　　　　　　제암(濟庵)

거친 시와 졸필(拙筆)을 매일 일상으로 삼으니, 이방에 웃음거리를 남김이 많습니다. 부끄러움을 말할 수 없습니다.

○ 복(復)　　　　　　　　　　　　　　　　　　　　설루(雪樓)

우리나라 양천(良賤)들 모두가 서로 귀방 사람들의 운필(運筆)이 몹시 조자앙(趙子昻)[25]과 같다고 말합니다. 하물며 공은 글씨에 뛰어나서 참으로 소망을 저버리지 않는데, 무슨 겸양이 있겠습니까?

○ 픔(稟)　　　　　　　　　　　　　　　　　　　　설루(雪樓)

평야직도(平野直道)의 시에 고아한 화답을 내려주시기를 바랍니다. 사제(思齋)의 시에도 또한 화답을 바라니, 허락해주시기를 바랍니다.

○ 복(復)　　　　　　　　　　　　　　　　　　　　구헌(矩軒)

바쁘고 소란함이 이와 같은데, 어떻게 성대한 뜻을 따르겠습니까? 낭화(浪華)를 향할 때 받들어 답하려고 합니다.

---

25 조자앙(趙子昻) : 원(元)나라 명필 조맹부(趙孟頫). 그의 서체를 송설체(松雪體)라고 함.

○ 설루의 부채그림에 장난삼아 적다
戲題雪樓扇畵
제암(濟庵)

매화와 대나무에 눈과 구름이 모두 비었는데, 오월 북창(北窓)에서 기쁘게 서로 만난 것은 바람이네.

○ 우(又)

반륜(半輪)의 명월이 위아래에 황금빛을 내고, 내가 채색 붓을 휘두르니 바람이 궁상(宮商)의 소리를 내네.

○ 품(稟) (이때 서인(庶人)들의 무리가 계단 앞에 모여서 종이를 들고서 글씨를 구하기 때문이라고 했다.)
제암(濟庵)

후일 조용한 때에 먹을 갈아서 다시 오라는 뜻을 이들 각자에게 언급했으나, 말을 통할 수가 없기 때문에 부탁을 드립니다.

○ 복(復) (내가 즉시 국어(國語)로써 사람들에게 말했다.)
설루(雪樓)

종이를 남겨놓으라고 허락하겠습니까?

(제암은 고개를 저으며 승낙하려 하지 않았다. 즉시 그들에게 종이를 돌려주었다.)

○ 픔(稟)   설루(雪樓)

　저와 화소(華沼)와 영천(穎川)(2인은 모두 소년수재(少年秀才)인데. 내가
이날 서로 동반하여 좌석에 있었다.)떠나갈 때, 제공들께서는 마땅히 수고
롭게 일어서서 읍(揖)하지 마십시오. 소란하고 겨를 없는 중에 화례
(和禮 : 일본의 예법)를 따르는 것도 또한 나쁘지 않을 것입니다.

○ 복(復)   구헌(矩軒)

　바쁘고 소란함이 이와 같으니, 의중(意中)의 사람과 함께 할 수가
없어서, 의중의 일을 말함이 종일 어긋납니다. 영원한 이별이라는
가르침이 있으니, 창연(悵然)함을 깊이 깨닫습니다.

○ 픔(稟)   설루(雪樓)

　이별의 정이 망망(惘惘)하니, 말리 절로 자자(刺刺)[26]함을 면하지
못합니다. 다만 원하는 바는 「내격설발(來格說跋)」이니, 저의 평소의
바람을 저버리지 마십시오.

---

26 자자(刺刺) : 말이 많은 모양.

○복(復)　　　　　　　　　　　　　　　　　구헌(矩軒)

「내격설」에 있어서, 어찌 성대한 뜻을 외롭게 저버리겠습니까? 그러나 긴 날이 이와 같으니 어찌 구사(構思)할 수 있습니까? 다만 틈이 있을 때 마땅히 가르침대로 하겠습니다. 오늘은 이 생애의 이별의 자리가 아닙니까? 더욱 슬픈 정성을 깨닫습니다.

○픔(稟)　　　　　　　　　　　　　　　　　제암(濟庵)

이을 이어서 다시 볼 수 있습니까? 의중의 사람이 끝내 한 평안함을 얻을 수 없으니, 마음 속이 맺히는 것 같습니다.

○복(復)　　　　　　　　　　　　　　　　　설루(雪樓)

슬픈 한을 어찌할 수 없습니다. 그러나 객관 중에 처음 알현하는 사람이 많기 때문에 그 수창을 방해하지 않으려고 떠나는 것입니다. 혹시 틈이 있다면 마땅히 알현을 이을 것입니다.

○픔(稟)　　　　　　　　　　　　　　　　　제암(濟庵)

만 리 동쪽으로 와서 한 산관씨(山官氏)를 얻었는데, 끝내 마음의 곡절을 한 번 펴지 못하고 영원히 각자의 하늘로 이별하게 되니, 호사다마(好事多魔)이고, 기이한 만남을 다시 얻기 어렵습니다. 암연(黯然)히 흩어지는 혼을 말할 수 없습니다.

○복(復)   설루(雪樓)

답증(答增)으로 인하여 슬픈 한이 거의 정을 이루기 어렵습니다.

○품(稟)   구헌(矩軒)

암현(黯然)함을 이길 수 없습니다. 훗날 서로 그리워하면 반드시 때때로 꿈속으로 들어올 것입니다.

○복(復)   설루(雪樓)

양쪽 땅의 꿈은 푸른 바다 앞에서의 상봉에 해당될 뿐이니, 어찌해야 합니까? 어찌해야 합니까?

○품(稟)   해고(海皐)

금일 또한 이처럼 소란하니, 족하께서 지닌 바를 다 끝낼 수 없습니다. 참으로 한스럽고 참으로 한스럽습니다.

○복(復)   설루(雪樓)

이별의 정을 말할 수 없습니다. 다만 받들어 부탁한 「내격설발(來格說跋)」에 대해 굳은 승낙을 저버리지 마십시오. 지극히 간절하고 간절합니다.

○품(稟)   해고(海皐)

바야흐로 이처럼 소란하니, 마땅히 겨를을 얻을 수 없습니다. 받들어 따르겠습니다. 이별의 정이 바다와 같습니다.

○복(復)   설루(雪樓)

정이 다급하여 말할 바를 모르겠습니다.

위는 박(朴)·이(李) 세 분과 필담창화(筆談唱和)한 것인데, 상권에서 여기까지 필담이 모두 185조(條)이고, 시가 모두 41수(首)이고, 척독(尺牘)이 3수이고, 기(記)가 1수이다.

연향(延享) 빙사(聘使)의 수행(隨行) 양의(良醫) 조숭수(趙崇壽)(자는 경로(敬老), 호는 활암(活庵))는 내가 난안(蘭庵) 기씨(紀氏)의 소개로 인하여 객관에서 회동할 수 있었는데, 필담창화가 두 번이었다. 그 밖에 사자관(寫字官) 김천수(金天壽)(자는 군실(君實), 호는 자봉(紫峯) 나이는 40세)는 기대하지 않았는데 필화를 하였고, 제술관(制述官)의 하인 박수부(朴壽

夫)(자는 군직(君直), 호는 봉산(蓬山), 나이 52세)는 장난삼아 필화를 통한
자인데 또한 여러 종이를 얻었다. 비록 한가한 말이지만 훗날 양쪽
땅 각자의 하늘에서 무궁한 감회에 대비할 수 있는 것이다. 그로 인
하여 차마 버리지 못하고 잠시 아래와 같이 기록해 둔다. 아! 박봉산
(朴蓬山)은 본래 사신의 천한 노예인데, 그러나 오히려 붓으로써 혀를
대신하여 이방 사람과 더불어 정을 틀 수 있는 자이다. 이와 같으니
또한 한국이 비록 무지한 서번(西蕃)이지만, 문교(文敎)가 함유(涵濡)
한 바가 있음을 충분히 알 수 있다. 요컨대 우리나라의 태평일이 오
래되어서, 문운(文運)이 날로 형통하니, 해외의 백성들도 또한 모두
그 은택이 가져온 바에 젖게 되었다. 이미 지금에 이르러 천수(天壽)
는 화어(和語 : 일본말)에 능통하고, 화가(和歌)를 좋아하니, 또한 기방
(箕邦 : 箕子의 나라)의 풍속이 마침내 한 번 변하여 우리 신주(神州)의
풍속에 이르렀음을 가장 잘 알 수 있다. 나는 비록 초망(艸莽)의 신하
지만 또한 이를 위하여 손뼉 치며 기뻐하지 않겠는가? 산궁유심(山宮
維深)이 적다.

○픔(稟) (6월 4일, 아래도 동일함)   설루(雪樓)

　저는 성이 산궁(山宮)이고, 이름은 유심(維深)이고, 자는 중연(仲淵)
이고, 강호(江戶) 사람이고, 호는 설루(雪樓)입니다.

○복(復)　　　　　　　　　　　　　　　　　　　　　활암(活庵)

　저는 성이 조(趙)이고, 이름은 숭수(崇壽)이고, 자는 경로(敬老)이고,
호는 활암(活庵)입니다.

○픔(稟)　　　　　　　　　　　　　　　　　　　　　설루(雪樓)

　공 등은 사절(使節)을 수행하여 동쪽으로 와서 상호봉시(桑弧蓬
矢)[27]의 소원을 마쳤으니, 실로 장부의 일이라고 할 만합니다. 저는
무사(無似)[28]하여 군주에게 벼슬하여 보좌할 수 없었기 때문에 처음
에 구전후(龜田侯)를 섬겼으나, 지금은 물러나서 집에서 독서하고 있
습니다.

○복(復)　　　　　　　　　　　　　　　　　　　　　활암(活庵)

　공이 집에서 독서하신다니, 무슨 즐거움을 여기에 더해야 할지 모
르겠습니다. 저는 무인도 아니고, 문인도 아닌데, 한낱 무리를 좇아
왔을 뿐이니, 말할 만한 자가 아닙니다.

---

27 상호봉시(桑弧蓬矢) : 남아가 사방에 공을 세우는 뜻. 남아를 낳으면 뽕나무 활과 쑥대
　화살로 사방에 활을 쏘아서 축하를 했다고 함.
28 무사(無似) : 불초(不肖)와 같은 겸사.

○품(稟)   설루(雪樓)

제가 집에서 독서하는 것은 또한 단지 배부르고 따뜻하면서 가르침이 없는 책임을 막고자 할 뿐입니다. 공께서는 국수(國手)로서 선화(善書)와 선시(善詩)를 겸했다고 들었습니다. 여행 중에 지은 시 한두 장(章)을 보여주시면 실로 화곤(華袞)의 영광이겠습니다. 부디 아끼지 마시기를 바랍니다.

○복(復)   활암(活庵)

저는 불과 한 소의(小醫)인데, 어찌 시문을 논하여 전할 만한 자이겠습니까? 모두 거짓입니다.

○품(稟)   설루(雪樓)

겸양이 높아서 빛이 나니, 그 덕휘(德輝)를 충분히 볼 수 있습니다. 비록 그렇지만, 두세 장을 보여주시어 제 마음을 풀어주시기를 바랍니다. 몹시 바랍니다.

○복(復)   활암(活庵)

겸양이 아니라 실정입니다. 길가에서 간혹 한두 편의 소시(小詩)가 있었으나, 저는 본래 베껴서 보관하는 일이 없기 때문에 받들어 따르지 못함이 한탄스럽습니다.

○ 석상에서 활암께 주다
  席上贈活庵

설루(雪樓)

돛이 만 리를 가니 객심이 웅장하고	帆檣萬里客心雄
서해의 성사가 일동을 방문했네	西海星槎訪日東
이방의 일가가 좋음을 알려고 하니	欲識殊方一家好
훈풍이 원망을 풀어주며 화궁에 가득하네	薫風解慍滿華宮

○ 설루공이 주신 운을 받들어 화답하다
  奉復雪樓公贈韻

조경로(趙敬老)

필세와 시정이 가장 웅장하고	筆勢詩情最是雄
아름다운 성세의 바다 동쪽이네	休明昌運海之東
우리들의 깊은 아취를 아는 사람 없는데	吾儂幽趣無人識
비의 색이 창창한데 저녁 궁에 앉아있네	雨色蒼蒼坐暮宮

○인주의 운에 차운하여 설루께 기증하다
疊鱗州韻，寄贈雪樓

조경로(趙敬老)

연못과 귤 과수원에 한 평상이 깊은데	荷塘橘圃一牀深
비속에 원객의 마음을 수심 짓게 하네	雨裏間愁遠客心
구름 속 달빛이 때때로 시사를 용출하게 하니	雲月有時詩思湧
함부로 제백을 따라 서림에 앉았네	謾隨諸白坐西林

(제백(諸白)은 귀국의 술 이름임)

○활암께 받들어 화답하다
奉和活庵

설루(雪樓)

소사의 낮이 한가로워 물시계소리가 깊고	蕭寺晝閑漏聲深
스스로 주빈의 물외의 마음이네	自是主賓物外心
당에 가득한 화기의 움직임을 문득 보니	忽見滿堂和氣動
채색 붓이 꽃을 피워 사림에 가득하네	彩毫花發滿詞林

○전운에 차운하여 인주와 설루 두 분께 올려서 화답을 구하다
疊前韻，呈麟洲·雪樓二公，求和

활암(活庵)

성시의 중간에 옛 절이 깊은데	城市中間古寺深
바다 하늘 보슬비가 연못 가운데에 떨어지네	海天細雨落池心

기쁘게 은근한 뜻에 몹시 사례하려고   欣然多謝慇懃意

객탑에서 시 생각 골똘한데 대숲이 저무네   客榻詩愁晚竹林

○전운에 다시 차운하여 활암께 올리다
再次前韻, 呈活庵

설루(雪樓)

우뚝한 절간에 빗소리 깊은데   崔嵬香刹雨聲深

금궤와 신루는 국수의 마음이네   金匱神樓國手心

이 저녁 상봉하니 마음이 물과 같은데   此夕相逢心似水

청역과 계림을 어찌 논하겠는가?   那論蜻域與雞林

(국초(國初)에 우리 태조(太祖) 신무제(神武帝)가 일찍이 나라이름을 청정주(蜻蜓洲)라고 했는데, 그 지세(地勢)가 길기 때문이었다.)

○품(稟)
활암(活庵)

신무제(神武帝)는 지금과의 거리가 몇 년입니까?

○복(復)
설루(雪樓)

신무제의 즉위 원년은 곧 주혜왕(周惠王) 17년입니다. 붕어 후 지금까지 모두 삼천여 년입니다. 대개 귀국의 기씨(箕氏) 중세(中世)에 해당합니다.

○품(稟)   설루(雪樓)

　귀국의 근세에 의술로써 당시에 이름난 자가 대체로 많습니다. 성명이 가장 진동한 자를 듣고 싶습니다.

○복(復)   활암(活庵)

　지금의 의원을 매거(枚擧)하기가 어렵습니다.

○품(稟)   활암(活庵)

　대의원(大醫院) 중에 선의(善醫)가 몇 사람입니까?

○복(復)   설루(雪樓)

　대의원 중에는 제제(濟濟)하게 많은 의원이 3백여 원(員)입니다. 그 집안을 대를 이은 것이 삼세(三世)뿐만이 아니고, 모두 한 시대의 국수(國手)입니다. 한두 성명(姓名)으로써 말할 수는 없습니다. 근세 경사(京師)에 후등좌일랑(後藤佐一郎)이란 자가 있었는데 의술로써 일가를 창시하여 세상에 대명(大名)을 말했습니다. 지금은 귀록(鬼錄)에 올랐습니다.

○복(復)   활암(活庵)

후등좌일랑은 성명(姓名)이 무엇입니까? 낭(郎)은 그 이름입니까?

○픔(稟)   설루(雪樓)

후등(後藤)이 성(姓)입니다. 좌일랑(佐一郎)은 국속(國俗)에서 부르
는 호칭입니다. 그 이름은 저도 알지 못합니다.

○픔(稟)   활암(活庵)

옛 사람의 성(姓)은 모두 한 글자인데, 귀국에는 두 글자를 성으로
삼은 것이 많습니다. 왜 그렇습니까?

○복(復)   설루(雪樓)

우리나라는 지명(地名)으로 성을 삼은 자가 많기 때문에 두 글자,
세 글자에서 네 글자, 다섯 글자까지 있는데, 또한 지명일 뿐입니다.
비록 한토(漢土)일지라도 또한 복성(複姓)과 세 글자 성이 있는데, 어
찌 반드시 우리나라뿐이겠습니까?

○재복(再復)   활암(活庵)

그렇습니다.

○품(稟)   설루(雪樓)

일찍이 귀국 목종(穆宗) 소경왕(昭敬王)의 후손이 모두 일곱 임금이
라고 들었습니다. 묘호(廟號)와 시호(諡號)를 동맹국에서도 또한 마땅
히 알아야 할 것입니다. 보여주시기를 바랍니다.

○복(復)   활암(活庵)

창졸간이라 상세히 알기 어렵습니다.

○품(稟)   설루(雪樓)

청국(淸國) 성조(聖祖)의 이름이 현엽(玄曄)이라고 들었는데, 지금
임금의 이름은 듣지 못했습니다. 보여주시기를 바랍니다.

○복(復)   활암(活庵)

 지금 황제는 이름이 홍력(弘曆)입니다.

○픔(稟)   ·   활암(活庵)

 저는 지금 시장기가 심하여 밤을 먹으려고 합니다. 공께서는 나무
라지 마십시오.

○복(復)   설루(雪樓)

 조용히 식사를 마치시기를 바랍니다.

○픔(稟)   설루(雪樓)

 객관 안에 귀객(貴客)이 있다고 들었는데, 저는 마땅히 떠나겠습니
다. 근일에 또 와서 뵙겠습니다.

○복(復)   활암(活庵)

 다시 방문해주신다면, 몹시 다행이겠습니다.

○ 품(稟) (6월 9일, 아래도 동일함)   설루(雪樓)

전일에 알현을 받든 후 사고가 있어서 기거(起居)를 문후하지 못했습니다. 여름비와 찌는 더위 속에 국수(國手)께서 만복(萬福)하시니 몹시 경하 드리고 경하 드립니다. 삼가 이처럼 다시 문후를 받들었습니다. 또한 구화중란경(九華中蘭卿)이 난암(蘭庵)에게 부탁하여 받들어 올렸던 편지에 대하여, 금일 회답을 내려주시기를 바랍니다. 제가 가지고 돌아가서 주고자 하니, 지극히 간청하고 간청합니다. 저는 지금 박공(朴公)의 객사로 갔다가 나중에 마땅히 돌아오겠으니, 공께서는 허락해 주시기를 바랍니다.

○ 복(復)   활암(活庵)

지난번 받듦이 초초(草草)[29]하여서 의창(依悵)[30]함을 이길 수 없었습니다. 다행히 다시 배알하니 기쁨을 어찌 그치겠습니까? 저의 심란한 객상(客狀)은 아뢸 수가 없습니다. 구화공(九華公)께 답할 것은 이어지는 객사의 소란으로 인하여 아직 짓지 못했습니다. 끝내 난암(蘭庵)께 당부할 뿐입니다.

---

29 초초(草草) : 바빠서 경황이 없는 모양.
30 의창(依悵) : 고충과 슬픔.

○품(稟)　　　　　　　　　　　　　　　　　　설루(雪樓)

　구화공이 회답을 기다리는 것은 가뭄 속에서 구름을 기다리는 것
과 같습니다. 공께서 오늘 한 번 붓을 휘둘러서 회답을 지어주시기
를 바랍니다.

○복(復)　　　　　　　　　　　　　　　　　　활암(活庵)

　비록 한 번 붓을 휘두르려고 해도 지금 연이어 객을 접대하니, 그
것이 쉽겠습니까? 또한 먼저 방문한 자가 있고, 지금 기초(起艸)하는
일에 전후(前後)가 있어서 순서를 바꿀 수가 없습니다.

○품(稟)　　　　　　　　　　　　　　　　　　설루(雪樓)

　굳은 승낙을 어기지 않는다면, 늦음과 신속함은 다만 명을 따르겠
습니다. 저는 나중에 마땅히 다시 오겠습니다. 지금 서로 읍하지 않
고 떠남은 간편함을 따른 것이니, 괴히 여기지 마십시오.
　활암이 고개를 끄덕였다.

○품(稟)　　　　　　　　　　　　　　　　　　설루(雪樓)

　저는 떠나가야 하는데, 다만 받들어 부탁한 중택씨(中澤氏)의 편지

에 대한 답서에 대해 굳은 승낙을 저버리지 않는다면 몹시 다행이겠
습니다.

○복(復) 활암(活庵)

마땅히 보여 주신대로 하겠습니다.

위는 양의(良醫)와 필담한 것이 39조이고, 시가 모두 6수이다.

○품(稟)(천수(天壽)는 우연히 박구헌(朴矩軒)의 객사에 왔는데, 나와는 성명을 통한
적이 없는데, 곧장 운운했다.) 김수택(金天壽)

써주기를 바랍니다.

나는 즉시 47자를 썼다. 한 차례 천수(天壽)가 큰 소리로 읽었는데,
국음(國音)과 잘 맞았다.

품(稟) 설루(雪樓)

我君は 千世子やちよに 沙ざ礼石乃 いは不と成て 苔升む壽まで
우리 님의 세상은 천년만년 이어지소서
조약돌이 바위가 되어 이끼가 낄 때까지

이 화가(和歌)의 뜻은 보조(寶祚)가 천년을 지나 팔천년에 이르고, 또한 사석(沙石)이 오래되어 대반석(大盤石)이 될 때까지 오래 됨을 송도한 것입니다.

천수(天壽)가 우리 국어로 답하기를 "면백사(面白事)입니다"라고 했다.

〇품(稟) (박봉산(朴蓬山)은 제술(製述) 박공(朴公)의 종이다. 박공은 본전(本殿)으로 임좨주(林祭酒)를 보러 나갔는데, 아직 돌아오지 않는 사이에 장난삼아 필어(筆語)를 했다.)
설루(雪樓)

족하의 성명은 무엇입니까?

〇복(復)   봉산(蓬山)

성은 박(朴)이고, 이름은 수부(壽夫)이고, 자는 군직(君直)이고, 호는 봉산(蓬山)이고, 나이는 52세입니다.

〇박봉산에게 주다
  贈朴蓬山
                                                          설루(雪樓)

계림은 오천 리인데   雞林五千里

왕사의 노고를 사양하지 않네   王事不辭勞

진정 집으로 돌아가는 꿈을 아는데   定識還家夢

마땅히 서해 파도 위를 날아가리라   應飛西海濤

○품(稟)   봉산(蓬山)

족하께서 주신 시를 보니 사리(事理)가 당연합니다. 축하하고 축하합니다.

○복(復)   설루(雪樓)

화답해주시기를 바랍니다.

○품(稟)   봉산(蓬山)

단문(短文)으로 기록만 할 뿐이고, 시는 지을 수 없습니다.

○품(稟)   설루(雪樓)

족하께서는 몇 자녀가 있습니까?

○ 복(復)   봉산(蓬山)

두 아들이 있습니다.

○ 품(稟)   설루(雪樓)

두 아들은 이미 장가를 갔습니까?

○ 복(復)   봉산(蓬山)

나이가 어려서 모두 장가가지 않았습니다.

○ 품(稟)   설루(雪樓)

족하의 본관(本貫)은 어디입니까?

○ 복(復)   봉산(蓬山)

경성(京城)입니다.

○품(稟)　　　　　　　　　　　　　　　　　　　　　　설루(雪樓)

댁은 경성 안에서 어느 곳입니까?

○복(復)　　　　　　　　　　　　　　　　　　　　　　봉산(蓬山)

지금은 동래(東萊)에 있습니다.

○품(稟)　　　　　　　　　　　　　　　　　　　　　　설루(雪樓)

족하는 바둑을 좋아합니까?

○복(復)　　　　　　　　　　　　　　　　　　　　　　봉산(蓬山)

그렇습니다.

○품(稟)　　　　　　　　　　　　　　　　　　　　　　설루(雪樓)

귀국에서 바둑으로 유명한 자가 누구입니까?

○복(復)   봉산(蓬山)

또한 많이 있어서 기록하기 어렵습니다.

○품(稟)   설루(雪樓)

 족하는 술을 좋아하십니까?

○복(復)   봉산(蓬山)

어려서부터 술을 마시지 않습니다.

○품(稟)   설루(雪樓)

 동래(東萊)와 마도(馬島)는 서로 가까운데, 항상 내왕합니까?

○복(復)   봉산(蓬山)

 동래는 마도와의 거리가 수로(水路)로 480리 입니다.

○픔(稟) 설루(雪樓)

족하의 무리는 본래 또한 왕래합니까?

○복(復) 봉산(蓬山)

무오(戊午) 연간에 마도에 왔다 간 것이 한 번입니다.

위는 김천수(金天壽)부터 박봉산(朴蓬山)까지인데, 필화가 모두 25 조이고, 시가 1수이다.

부록(附錄) 상(上)

대마주(對馬州) 서기(書記) 난암(蘭庵) 기군(紀君)이 번후(藩侯)의 수레 를 수행하고, 또한 한사(韓使)를 호송하여 동무(東武)에 도착했다. 불녕 (不佞)은 그들을 알현했다. 마침내 문회(文會)를 요청했는데, 한국의 여 러 분들도 또한 그것을 허락했다. 몹시 평소 소망을 이루어서 감사함 을 그칠 수 없었다. 졸렬함을 잊고 두 절구를 받들어 올렸는데. 하나 는 축하의 뜻을 붙이고, 하나는 사례의 정을 붙여서 모두 시에 드러냈 다. 5월 23일.

제1수(其一)   설루(雪樓)

사군의 천 기마가 동방에 이르니	使君千騎至東方
한국의 내빈이 국광[31]을 보네	韓國來賓觀國光
서기가 아름답게 의기가 많은데	書記翩翩多意氣
이때의 응대가 부상에서 웅장하네	此時應對壯扶桑

제2수(其二)

향기는 지란 같고 예리함은 쇠를 끊는데	香若芝蘭利斷金
새 벗의 교의가 더욱 얼마나 깊은가?	新知交義更何深
풍류의 한가의 객을 보려하니	風流將見韓家客
평생의 일편심을 저버리지 않았네	不負平生一片心

○한관에서 와서 모인 여러 사람들에게 올리다

韓館呈來會諸子(6월 9일, 아래도 같음)

설루(雪樓)

훈풍 유월에 좋은 손님이 즐겁고	薰風六月樂嘉賓
한사의 수레에 한묵을 함께 올리네	翰墨共攀韓使輪
스스로 우스우니 동향의 다소의 객들은	自笑同鄉多少客
식형[32]이 도리어 한성 사람들 뒤이네	識荊却後漢城人

---

31 국광(國光) : 나라의 성덕광휘(盛德光輝).

32 식형(識荊) : 식한(識韓)과 같음. 처음 면식(面識)한다는 경칭. 이백(李白)의 「여한형
  주서(與韓荊州書)」에 "제가 듣건대 천하의 담사(談士)들이 말하기를 "태어나서 만호후

○산궁군의 운에 차운하다
次山宮君韻

송기유시(松崎惟時)(자는 재장(才藏))

소년이 관국[33]하여 새 빈객이 되니	少年觀國作親賓
옛 벗의 문장이 노련한 착륜[34]이네	舊識文章老斲輪
상봉하여 성명을 묻지 않으니	不用相逢問名姓
보러온 사람을 모두가 안중인[35]과 같네	看來都似眼中人

(원양택씨(原養澤氏)도 또한 화답시가 있었으나, 객관 안의 조밀한 사람들이 어지럽게 섞여있어서, 돌아오면서 잃어버렸기 때문에 실지 못했다.)

○한관에서 송기재장씨에게 주다
韓館贈松崎才藏氏

설루(雪樓)

유림에서 그대는 스스로 출중한 재능인데	儒林君自不羣材
이때에 운무가 열림이 얼마나 다행인가?	何幸此時雲露開
능히 한신에게 사설을 경청하게 하니	能使韓臣聽師說
경제의 재능이 춘대[36]에 있음을 마땅히 아네	經濟應識有春臺

(萬戶侯)에 봉해지지 못하더라도, 다만 한형주(韓荊州 : 韓朝宗)를 한 번 면식하기를 바란다"고 했습니다"라고 했다.

33 관국(觀國) : 국정(國情)을 살핌. 종정(從政)을 말함.

34 착륜(斲輪) : 나무를 깎아 수레바퀴를 만드는 것. 착륜수(斲輪手)는 문장 등의 고수(高手)를 비유함.

35 안중인(眼中人) : 예전부터 알던 사람. 생각하고 있던 사람.

36 춘대(春臺) : 예부(禮部)의 이칭.

○설루군의 운에 차운하다
次雪樓君韻

송기유시(松崎惟時)

총각이 스승을 좇아 재능 없음이 부끄러운데	總角從師愧不材
경전 전함에 어떻게 의문을 풀겠는가?	傳経何得有疑開
남긴 글 자신함이 가을 햇볕처럼 열렬한데	遺書自信秋陽烈
함부로 전해 봉대에서 위엄을 떨치려하지 않네	不肯漫傳威鳳臺

○한관에서 인주형께 받들어 부치다
韓館奉寄麟洲兄

설루(雪樓)

한관에 비 개고 더운 기운 향기로운데	韓館雨晴夏氣薰
해후를 도모하지 않고 이처럼 문장을 논하네	不圖邂逅此論文
사림에서 훗날 싫어하지 않는다면	詞林他日若無厭
술을 싣고 때때로 자운[37]을 방문하리라	載酒時時訪子雲

○설루형께 받들어 답하다
奉答雪樓兄

석천정항(石川正恒)(호는 인주(麟洲))

한 번 이별하여 십년만의 제경의 봄인데	一辭十載帝京春

---

37 자운(子雲) : 양웅(揚雄, 기원전53~18)의 자. 서한(西漢)의 저명한 문인 겸 학자.

서검이 쓸쓸히 큰 바닷가에 있네 書劍蕭條大海濱

오늘 아침 한관 위에서 어찌 알았으랴? 豈料今朝韓館上

때마침 초현인[38]이 있음을 비로소 알았네 始知時有草玄人

부록(附錄) 하(下)

○구헌 박공 족하께 받들어 올리다
奉呈矩軒朴公足下

구화(九華)(성은 중택(中澤))

이름은 방(芳), 자는 난(蘭), 동무열의관(東武列醫官)

용사깃발 사절이 조선에서 오니 龍蛇使節自朝鮮

빼어난 인사들이 따라가서 위궐[39] 앞에 있네 英士追隨魏闕前

금마 재능이 해내에 내달리니 金馬才名馳海內

지은 글이 어찌 한나라 유현에게 양보하랴? 賦成何讓漢儒賢

○구화공이 보낸 시를 받들어 화답하다
奉酬九華公惠寄

구헌(矩軒)

교초[40]를 재단하니 오색이 선명하고 裁得蛟綃五色鮮

---

38 초현인(草玄人) : 서한(西漢)의 양웅(揚雄)을 말함. 『태현경(太玄經)』을 초안하면서 영
　달에 담박했던 양웅이라는 뜻임.

39 위궐(魏闕) : 궁문 밖 양쪽에 높이 솟은 누관(樓觀).

산산[41]한 보기가 문득 앞에 쌓이네 　　珊珊寶氣忽堆前

많은 날로 나라를 치료하는 술을 이루니 　　多日推成醫國術

음공이 어찌 범공[42]의 현명함에 양보하랴? 　　陰功何讓范公賢

○조활암 족하께 올리다
呈趙活庵足下

　　　　　　　　　　　　　　　　구화(九華)

하늘 끝 자기가 성사를 덮고 　　天涯紫氣掩星槎

만 리 비단 돛에 햇살이 비추네 　　萬里錦帆映日華

조선엔 약물이 많다던데 　　聞說朝鮮多藥物

신루가 원래 그대 집에 있네 　　神樓元是在君家

○구화공이 주신 운을 받들어 화답하다
奉酬九華公贈韻

　　　　　　　　　　　　　　　　활암(活庵)

청낭[43]을 얻어 간직하고 한사를 좇으니 　　藏得青囊逐漢槎

---

40 교초(蛟綃) : 전설 속의 교인(蛟人)이 짠 비단.

41 산산(珊珊) : 이슬이 맑은 모양.

42 범공(范公) : 송나라 범중엄(范仲淹). 범중엄이 청주(靑州)를 다스릴 때 혜정을 배풀었
는데, 개울 옆에 예천(醴泉)이 흘러나왔다고 한다. 이를 범공천(范公泉)이라 하는데, 의
가(醫家)들이 이 물을 길러다가 환약을 만들고 청주백환자(靑州白丸子)라고 부른다.

43 청낭(靑囊) : 약낭(藥囊).

부상 어느 곳에서 번화함을 노래하는가?	扶桑幾處詠繁華
그대 방에서 영지초를 이미 알았는데	君房已識靈芝草
삼신산에서 약을 캐는 집을 묻고자 하네	欲問三山採藥家

○조선국 제술관 구헌 박선생께 받들어 부치다
奉寄朝鮮國製述官矩軒朴先生

병인(幷引) 포상(包桑)
(성은 평야(平野), 이름은 직도(直道), 자는 사행(土行),
비중국송산부요장(備中國松山府要藏))

대대(台臺)의 재명(才名)이 우리나라에 진동하는데, 저는 부(府)의 업무가 분주하여 지우(芝眉)를 접할 수가 없어서, 단지 소회(溯洄)의 그리움만 더할 뿐입니다. 그로 인하여 시로써 헌근(獻芹)[44]의 뜻을 펴니 삼가 군자(君子)께서 멀리 버리지 않고 화답을 내려주신다면 여룡주(驪龍珠)를 얻은 것과 같을 것입니다. 삼가 헤아려주시기를 바랍니다.

서해에서 멀리 온 만 리 뗏목인데	西海遙來萬里槎
해 옆의 옥절에 광화가 있네	日邊玉節有光華
사장에서 계림객을 오래 바랐는데	詞場久望雞林客
채색 붓[45]을 우리 집에 간직하게 해주오	願使彩毫藏我家

---

44 헌근(獻芹) : 남에게 물건을 주면서 겸사하는 말이다. 혜강(嵇康)의 여산도서(與山濤書)에 "시골 농부가 햇볕을 쬐며 등을 지지고 미나리를 즐겨 먹었는데, 미나리가 맛이 좋아 임금에게 올리려고 했다."하였다.

(이 화답은 오지 않았다.)

○통자(通刺)　　　　　　　　　　사재(思齋)(성명은 아래에 보인다)

　저는 원래의 성이 적송씨(赤松氏)인데, 분족(分族)하여 지금은 상월씨(上月氏)라고 칭합니다. 이름은 전칙(典則)이고, 자는 공이(公貽)이고, 호는 사재(思齋)입니다. 백설루(白雪樓) 문하(門下)에서 수업했습니다. 다고후부(多古侯府)에서 벼슬하는데, 스승을 수행하여 제공들을 알현하게 되어 기쁨을 그칠 수 없습니다. 절구 1수를 올려 비루한 회포를 펴고자 합니다.

○조선국 제술 구헌 박선생의 안하에 받들어 올리다
奉呈朝鮮國製述矩軒朴先生案下
　　　　　　　　　　　　　　　　　　사재(思齋)

성동에 수레 멈춘 웅장한 유람의 사람은　　　城東稅駕壯遊人
지기가 구름을 뚫어 속세에서 벗어났네　　　志氣凌雲出世塵
서로 만나니 문득 옥산[46]의 반열인가 싶고　　相遇忽疑玉山列

---

45 채색 붓 : 남조(南朝) 강엄(江淹)이 젊었을 때 꿈속의 사람에게서 오색필을 받았는데, 이로부터 문사(文思)가 크게 진보했다. 그런데 어느 날 꿈속에서 자칭 곽박(郭璞)이라고 자칭하는 사람이 오색필을 돌려달라고 하며 가지고 갔는데, 구로부터 짓는 시에 가구(佳句)가 없었다고 함.

46 옥산(玉山) : 진(晉)나라 배해(裴楷)의 풍채가 고매(高邁)하여 당시 사람들이 옥산(玉

광휘가 스스로 당에 가득히 새롭네   光輝自是滿堂新

(이 화답은 오지 않았다)

○조선국 서기 제암 이선생 안하에 받들어 올리다
奉呈朝鮮國書記濟庵李先生案下

사재(思齋)

화극과 용기[47]를 여름 기운이 재촉하고   畫戟龍旗夏氣催

선린 사자가 바다서쪽에서 왔네   善隣使者海西來

웅장히 날아 멀리 오천 리를 건너니   雄飛遙度五千里

문득 한가의 전대의 재능[48]을 보네   忽見韓家專對才

○사재께 받들어 화답하다
奉和思齋

제암(濟庵)

꾀꼬리소리 멈추고 매미 우는데 금화[49]가 재촉하고 鶯歇蟬啼金火催

소나무 가득한 강주엔 보슬비가 내리네   松滿江州兩細來

갈대의 한 물가에 사람이 옥과 같은데   蒹葭一水人如玉

山)이 사람을 비춘다고 했음.

47 화극(畫戟)과 용기(龍旗) : 그림 장식의 창과 용을 그린 깃발. 사신의 의장(儀仗)을 말함.

48 전대(專對)의 재능 : 사신의 재능.

49 금화(金火) : 금성(金星)과 화성(火星).

만 리에서 다만 봉황을 토하는 재능을 전하네 　　萬里徒傳吐鳳才

○조선국 서기 취설 유선생 안하에 받들어 올리다
奉呈朝鮮國書記醉雪柳先生案下

사재(思齋)

범궁[50]의 오월에 비가 분분한데 　　　　　　　　梵宮五月雨紛紛

지척에서 피는 구름 보아도 구분할 수 없네 　　　咫尺生雲望不分

함께 이방의 평수[51]의 무리인데 　　　　　　　共是異邦萍水侶

그대 대하고 도리어 중선[52]의 문장을 묻네 　　對君却問仲宣文

(유공(柳公)은 병이 있어서 화답하지 못했다.)

○조선국 서기 해고 이선생 안하에 받들어 올리다
奉呈朝鮮國書記海皐李先生案下

사재(思齋)

훈풍 부는 객사에 나무들 우거지고 　　　　　薰風客舍樹森森

한국 사신의 수레는 의기가 깊네 　　　　　　韓國使軺意氣深

---

50 범궁(梵宮) : 불교 사찰.

51 평수(萍水) : 물에 떠도는 부평초(浮萍草). 정처 없이 떠도는 것을 말함.

52 중선(仲宣) : 삼국 위(魏)나라 왕찬(王粲, 177~217)의 자. 건안칠자(建安七子) 중의 한 사람이었음. 일찍이 형주(荊州)의 유표(劉表)에게 의탁한 적이 있는데, 고향을 그리면서 〈등루부(登樓賦)〉를 지었음.

| 좌상의 맑은 담화는 조수가 용출한 듯하고 | 坐上淸譚似潮湧 |
| 양국의 교의가 쇠처럼 단단하네 | 兩邦交義堅如金 |

○사재의 경운을 받들어 답하다
奉酬思齋瓊韻

해고(海皐)

맑은 구름이 도리어 기운 소삼함을 허락하고	炎雲還許氣蕭森
얼굴 격하고 시를 보내니 뜻이 더욱 깊네	隔面詩來意更深
다만 각자의 하늘에서 생애와 세상이 한스러운데	惟恨各天生並世
백년 정서를 남금[53]에 비하네	百年情緒比南金

위의 부록 상하는 시가 모두 19수이고, 통자(通刺)가 1도(道)이다.

화한필담(咊韓筆談) 훈풍편(薰風編) 하권 끝.

---

53 남금(南金) : 중국 남쪽에서 생산되는 좋은 금.

和韓筆談 薰風編 卷下

山官先生著 和韓筆談 薰風編 東武 書肆文昌閣壽梓

○稟(六月九日, 下同)　　　　　　　　　　　　　雪樓

陰晴未定, 起居平安, 多賀多賀. 疇昔, 餘情未罄. 謹此奉候.

○復　　　　　　　　　　　　　　　　　　　　　濟庵

方俟復接芝眉, 以作萬里之別, 得此委顧, 一何辛勤, 可感可感. 僕輩, 歸日漸近, 一喜一悵. 從今永作各天人矣. 情累離合, 只令人作惡.

○復　　　　　　　　　　　　　　　　　　　　　矩軒

曩, 甚卒卒, 餘恨殊切, 荷此三顧, 至感當如何? 僕輩, 歸日漸近, 別意惘然, 不知今日已告別耶, 發行前當爲一封之便耶.

○稟　　　　　　　　　　　　　　　　　　　　　雪樓

僕, 今夕欲告別, 太難爲情. 但又有送序, 將奉贈. 自有馳价之便.

○稟　　　　　　　　　　　　　　　　　　　　　雪樓

公等歸期日逼, 僕不能爲石尤風. 悵恨何如? 今日願傾倒所懷耳.

○ 復　　　　　　　　　　　　　　　　　　　海皐

連日願顧訊, 何堪感謝. 第以詩話用代石尤風, 如何?

○ 稟　　　　　　　　　　　　　　　　　　　雪樓

『唐六典』, 我邦所傳, 明正德 · 嘉靖二版而已. 並多磨滅, 不知貴邦
有官刻私刊無誤之本耶.

○ 復　　　　　　　　　　　　　　　　　　　海皐

『六典』, 鄙邦無刊本. 只於中秘書及貴人學士家, 藏明朝舊本, 或貿
來於燕肆, 而亦皆明時舊本耳.

○ 稟　　　　　　　　　　　　　　　　　　　雪樓

『六典』, 吾天朝陽明大相國, 命群儒校正新刊, 惟以藏于相府, 未廣
敷人間, 不能使諸公見耳.

○ 復　　　　　　　　　　　　　　　　　　　海皐

大相國校本, 不得見, 可恨.

○ 稟　　　　　　　　　　　　　　　　　　　雪樓

以『經國大典』觀之, 諸公謁大君之日, 所服, 皆公服. 而三使君, 唯
爲朝服乎. 三使君所冠, 三梁木筬否? 其他諸官所載, 幞頭否?

○ 復　　　　　　　　　　　　　　　　　　　海皐

金冠 · 玉佩, 我朝大公會時, 服之. 適異國者, 亦如之. 諸執事, 烏紗
帽 · 黑團領 · 三梁木筬, 如『大典』.

○稟　　　　　　　　　　　　　　　　　　　　　雪樓

『大典』之後, 不復修改諸儀制耶?

○復　　　　　　　　　　　　　　　　　　　　　海皐

列朝, 皆有手教輯錄, 隨時損益, 故凡朝儀多異同.

○稟　　　　　　　　　　　　　　　　　　　　　雪樓

一. 呂晩村 『四書講義』, 諸公觀之否? 所見何如?

一. 梁溪王金孺 『詩廣大全』, 諸公亦用之否?

一. 『儀禮續通解』, 何如?

○復　　　　　　　　　　　　　　　　　　　　　矩軒

晩村 『講義』, 吾邦學者, 皆尙之, 無容更議. 『詩廣大全』未曾見之.
『儀禮續通解』, 亦多可取, 而全信則不可, 正好參看.

○稟　　　　　　　　　　　　　　　　　　　　　雪樓

一. 常平社倉法, 貴國亦用之耶?

一. 『春秋』, 『胡傳』·『左傳』, 諸公, 孰用之?

一. 神主題名書奉祀名於左於右耶?

○復　　　　　　　　　　　　　　　　　　　　　矩軒

一. 常平社倉法, 用之.

一. 『春秋』 經筵, 用 『胡傳』

一. 神主之號題名, 用右

○ 稟　　　　　　　　　　　　　　　　　　　濟庵

貴邦, 於書籍, 必多自長碕流來者. 至於典章文物, 其博通淹習, 亦非不足. 而冠婚喪祭之禮, 得於見聞, 則全似不遵古制, 得無書自書人自人之嫌耶?

○ 復　　　　　　　　　　　　　　　　　　　雪樓

國有成法,　行古今之所未嘗異者,　豈必膠泥以行儀章度數之宜於古·宜於西者, 於今與東哉? 典籍之多也, 博雅之士, 所以觀會通, 而行典禮也. 奚得以不模刻末節於古, 謂人自人書自書乎?

○ 韓國諸君子歸在近, 奉訪客舍, 席上賦呈濟庵海皐二公

城頭積翠隔窓紗, 客舍鵑鳴炯雨斜. 別後各天相憶夕, 月明何處望君家.

○ 奉和雪樓　　　　　　　　　　　　　　　　濟庵

江關流水綠如紗, 樓日蒼茫橘影斜. 山海萬重心不隔, 龍門歌曲素王家.

○ 奉和雪樓　　　　　　　　　　　　　　　　海皐

海雨侵帳潤綠紗, 相逢每畏日將斜, 臨別更唱相思曲, 滄海千重各返家.

○ 寄題白雪樓　　　　　　　　　　　　　　　矩軒

樓在扶桑日月東, 欄頭呼吸十洲通. 鳳州歷下非吾道, 須使門人立雪中.

○ 奉和朴公寄題予白雪樓高韻　　　　　　　　　　　　　　雪樓

知音未必問西東, 琴曲調和情自通. 忽見新詩照書案, 碧紗長護小
樓中.

○ 奉贈雪樓解嘲. (可與中卷參看, 下諸詩同)　　　　　　　　濟庵

懶題惠連賦, 不誦于鱗詩. 龍門絃未絶, 相像立雪時.

○ 奉和濟庵見贈韻　　　　　　　　　　　　　　　　　　　雪樓

家隔五千路, 人通三百詩. 解頤又專對, 功就使東時.

○ 奉贈白雪樓主人解嘲　　　　　　　　　　　　　　　　　海皐

養志藏修三十年, 疑君漫學濟南篇. 始聞虛室新生白, 螢雪深宵助
聖賢.

○ 依韻奉酬海皐　　　　　　　　　　　　　　　　　　　　雪樓

坐久情濃彩筆翩, 樓頭飛雪郢中篇. 瑤琴今日君將理, 那減龍門一
代賢.

○ 和寄雪樓小主人　　　　　　　　　　　　　　　　　　　矩軒

大筆桑池助日車, 遠投江館肅皇華. 年未成童頭角露, 斗間光氣射
君家.

○ 稟　　　　　　　　　　　　　　　　　　　　　　　　　雪樓

有小扇面, 願寫旅中作

○ 宿海中作本願寺爲白雪樓題　　　　　　　　　　　　矩軒

眼中眞見六鰲岑, 一曲回過一曲深. 人道成僊吾未信, 推擠不忘是鄕心.

○ 題箱根湖詩于雪樓便面　　　　　　　　　　　　　　海皐

箱根湖水似曾聞, 綿竹叢西漾落曛. 執絶自忘山外海, 氣蒸時洩洞中雲. 平蟠幾曲時時見, 靜受層陰隱隱分. 猶有九龍成窟宅, 百年風雨夜紛紛.

○ 稟　　　　　　　　　　　　　　　　　　　　　　　雪樓

文公〈讀書有感詩〉, 願寫之以賜, 裝潢以揭諸齋壁

○ 復　　　　　　　　　　　　　　　　　　　　　　　海皐

〈讀書詩〉甚多, 何可盡記?

○ 稟　　　　　　　　　　　　　　　　　　　　　　　雪樓

半畞方塘詩

○ 復　　　　　　　　　　　　　　　　　　　　　　　海皐

諾

○ 稟　　　　　　　　　　　　　　　　　　　　　　　雪樓

願寫 "恭惟千載心, 秋月照寒水" 十字以賜之.

○ 復 　　　　　　　　　　　　　　　　　　　　　濟庵

公之志道, 可謂正矣. 道其東耶

(卽又援筆寫此十字書于後, 曰仲淵氏, 求寫此詩, 予感而題之, 道
其東耶).

○ 稟 　　　　　　　　　　　　　　　　　　　　　濟庵

荒詩拙筆, 日以爲常, 貽笑異邦多矣. 愧愧不可言.

○ 復 　　　　　　　　　　　　　　　　　　　　　雪樓

吾邦良賤, 皆相道貴邦人運筆, 太似趙子昂. 況公之善于書, 固不負
所望, 何謙之有?

○ 稟 　　　　　　　　　　　　　　　　　　　　　雪樓

平野直道詩, 願賜高和, 思齋詩亦乞和, 願許之.

○ 復 　　　　　　　　　　　　　　　　　　　　　矩軒

忙擾如是, 何以副盛意? 擬向浪華奉酬耳.

○ 戲題雪樓扇畫 　　　　　　　　　　　　　　　　濟庵

梅耶竹耶, 雪雲俱空, 五月北窓, 欣然相遇者, 風耶.

○ 又

半輪明月, 上下金光, 我揮彩毫, 風作宮商.

○ 稟 (于時, 庶人群集于階前, 携紙求書故云云) 　　　　　　　濟庵
以後日從容時, 磨墨更來之意, 言及此人各生不能通語, 故奉託.

○ 復 (僕, 卽以國語喩其人且云云) 　　　　　　　　　　　　雪樓
諾可留紙否?
濟庵掉頭不肯, 卽還紙其人

○ 稟 　　　　　　　　　　　　　　　　　　　　　　　　　雪樓
僕及華沼・潁川(二人, 皆少年秀才. 僕, 此日相伴在坐)辭去, 諸公
當莫勞起揖, 紛宂中從和禮, 亦不惡.

○ 復 　　　　　　　　　　　　　　　　　　　　　　　　　矩軒
忙擾如是, 無以與意中人, 說意中事, 終日差池, 有永別之敎, 深覺
悵然

○ 稟 　　　　　　　　　　　　　　　　　　　　　　　　　雪樓
別情惘惘, 語自不免刺刺, 唯所願「來格說跋」, 莫空僕素望

○ 復 　　　　　　　　　　　　　　　　　　　　　　　　　矩軒
「來格說」, 豈欲孤負盛意? 而長日如是, 何能搆思? 第有間時, 當依
敎耳. 今日是此生之別筵耶? 尤覺悵悗.

○ 稟 　　　　　　　　　　　　　　　　　　　　　　　　　濟庵
可能繼此, 而得見否? 意中人終不得一穩, 中心如結.

○ 復　　　　　　　　　　　　　　　　　　　　　　雪樓

悵恨不可如何, 而爲館中初見之人多, 不欲妨其唱酬, 故辭去, 或得
間, 則當以繼見耳.

○ 稟　　　　　　　　　　　　　　　　　　　　　　濟庵

萬里東來, 得一山官氏, 終未能一叙心曲, 永作各天之別, 好事多
魔, 奇遇難再, 黯然銷魂, 不可言.

○ 復　　　　　　　　　　　　　　　　　　　　　　雪樓

因答增, 悵恨, 殆難爲情.

○ 稟　　　　　　　　　　　　　　　　　　　　　　矩軒

不勝黯然, 他日相思, 須時時入夢也.

○ 復　　　　　　　　　　　　　　　　　　　　　　雪樓

兩地之夢, 當於滄海頭相逢耳. 何如? 何如?

○ 稟　　　　　　　　　　　　　　　　　　　　　　海皐

今日, 又此喧聒, 不能究竟足下之所存, 良恨良恨.

○ 復　　　　　　　　　　　　　　　　　　　　　　雪樓

別情, 不可言. 惟所奉託「來格說跋」. 莫空金諾. 至懇之懇.

○ 稟 海皐

方此紛擾, 當得暇, 奉副耳. 別情如海.

○ 復　　　　　　　　　　　　　　　　　　　　雪樓
情急, 無知所言.

右, 與朴李三子筆談唱和者, 自上卷至此, 筆談, 凡一百八十五條;
詩, 凡四十一首; 尺牘, 三首; 記, 一首.

延享聘使隨行良醫趙崇壽(字敬老, 號活庵), 僕因蘭庵紀氏紹介, 得
以會于客館, 筆談唱和者, 再次. 其他寫字官金天壽(字君實, 號紫峯,
年四十), 不期而筆語及制述官僕朴壽夫(字君直, 號蓬山, 年五十二),
戲通筆舌者, 亦得數紙. 雖閑語而有可以備他日兩地, 各天無窮之感
者. 因不忍棄, 聊錄之如左. 嗚呼! 如朴蓬山, 固爲使臣之賤隷, 然猶
能以筆代舌, 得以與殊方人攄情者. 如此, 亦足以知韓國雖蠢爾西蕃,
而文教有所涵濡焉. 要之我國家太平日久, 而文運日亨, 海外之民, 亦
皆浴其澤之所致也. 已至今, 天壽, 能通和語, 喜和歌, 則亦最知箕邦
之俗, 遂可一變以至於我神州之俗矣. 僕, 雖艸莽之臣, 而亦豈可爲此
不抃歡乎? 山官維深識.

○ 稟(六月四日, 下同)　　　　　　　　　　　　　　雪樓
僕, 姓山官, 名維深, 字仲淵, 江戶人, 號雪樓.

○ 復　　　　　　　　　　　　　　　　　　　　活庵
僕, 姓趙, 名崇壽, 字敬老, 號活庵.

○ 稟　　　　　　　　　　　　　　　　　　　　雪樓
公等, 隨使節而東, 桑弧蓬矢之願畢, 實可謂大夫之事矣. 僕之無似

無可仕以補於主, 故初仕龜田侯, 今退讀書于家.

○復　　　　　　　　　　　　　　　　　活庵
公在家讀書, 未知何樂加此. 僕, 非武亦非文, 徒逐隊而已, 無足言者.

○稟　　　　　　　　　　　　　　　　　雪樓
僕在家讀書, 亦惟塞飽暖無教之責耳. 聞公以國手兼善書‧善詩.
願得示旅中所賦詩二三章, 則實華袞之榮也. 幸勿吝.

○復　　　　　　　　　　　　　　　　　活庵
僕, 不過一小醫, 有何詩文之可論傳之者, 皆妄矣.

○稟　　　　　　　　　　　　　　　　　雪樓
謙之尊而光, 足以覽其德輝. 雖然, 願示二三章, 使僕心夷矣. 幸幸.

○復　　　　　　　　　　　　　　　　　活庵
非謙, 是實情也. 路上或有一二小詩, 而僕本無膽藏之事, 不得奉
副, 可嘆

○席上贈活庵　　　　　　　　　　　　　雪樓
帆檣萬里客心雄, 西海星槎訪日東. 欲識殊方一家好, 薰風解慍滿
華宮.

○奉復雪樓公贈韻　　　　　　　　　　　趙敬老
筆勢詩情最是雄, 休明昌運海之東. 吾儂幽趣無人識, 雨色蒼蒼坐

暮官.

○ 疊鱗州韻, 寄贈雪樓　　　　　　　　　　　趙敬老
荷塘橘圃一牀深, 雨裏閒愁遠客心. 雲月有時詩思湧, 謾隨諸白坐
西林. (諸白, 貴國之酒名)

○ 奉和活庵　　　　　　　　　　　　　　　　雪樓
蕭寺畫閑漏聲深, 自是主賓物外心. 忽見滿堂和氣動, 彩毫花發滿
詞林.

○ 疊前韻, 呈鱗洲·雪樓二公求和　　　　　　　活庵
城市中間古寺深, 海天細雨落池心. 欣然多謝慇懃意, 客榻詩愁晚
竹林.

○ 再次前韻呈活庵　　　　　　　　　　　　　雪樓
崔嵬香刹雨聲深, 金匱神樓國手心. 此夕相逢心似水, 那論蜻域與
雞林. (國初我 太祖神武帝, 嘗名國曰蜻蜓洲, 以其地勢長也

○ 稟　　　　　　　　　　　　　　　　　　　活庵
神武帝, 距今爲幾年?

○ 復　　　　　　　　　　　　　　　　　　　雪樓
神武帝卽位元年, 卽周惠王十七年也. 崩後, 至于當今凡三千餘年.
蓋當貴國箕氏中世乎.

○稟　　　　　　　　　　　　　　　　　　　　雪樓

貴國近世, 以醫名于時者, 蓋多. 願聞姓名之最震者.

○復　　　　　　　　　　　　　　　　　　　　活庵

今之醫, 難以枚擧

○稟　　　　　　　　　　　　　　　　　　　　活庵

大醫院中, 善醫者, 幾人?

○復　　　　　　　　　　　　　　　　　　　　雪樓

大醫院中, 濟濟多醫三百餘員. 世其家, 不啻三世, 皆爲一代國手.
未可以一二姓名言. 近世, 京師有後藤佐一郎者, 以醫創一家, 言大名
于世. 今也, 登鬼錄.

○復　　　　　　　　　　　　　　　　　　　　活庵

後藤佐一郎, 姓名何如? 郎其名否?

○稟　　　　　　　　　　　　　　　　　　　　雪樓

後藤, 姓. 佐一郎, 國俗所呼之號也. 其名, 僕未之知.

○稟　　　　　　　　　　　　　　　　　　　　活庵

古人之姓, 皆一字, 而貴國有二字爲姓者, 多. 何也?

○復 雪樓

我邦, 多以地名爲姓者, 故有二字三字至四字五字者, 亦地名耳. 雖

漢土, 亦有複姓三字姓, 何必我邦?

○ 再復　　　　　　　　　　　　　　　　　　　活庵
然矣

○ 稟　　　　　　　　　　　　　　　　　　　　雪樓
曾聞貴國穆宗昭敬王之後, 凡七主. 廟號·諡號, 在同盟國, 亦所當
知也. 願示之.

○ 復　　　　　　　　　　　　　　　　　　　　活庵
倉卒難以詳知.

○ 稟　　　　　　　　　　　　　　　　　　　　雪樓
聞淸國聖祖名玄曄, 今主名未聞, 願示之.

○ 復　　　　　　　　　　　　　　　　　　　　活庵
今皇帝, 諱弘曆.

○ 復　　　　　　　　　　　　　　　　　　　　雪樓
願從容以終食.

○ 稟　　　　　　　　　　　　　　　　　　　　雪樓
聞館中有貴客, 僕當辭去, 近日又來見耳.

○ 復　　　　　　　　　　　　　　　　　　　　　　　活庵

如再訪, 深幸.

○ 稟(六月九日, 下同)　　　　　　　　　　　　　　　雪樓

前日, 奉謁之後, 有事故, 不候起居, 暑雨鬱蒸, 國手萬福, 多賀多
賀. 謹此再奉候. 且九華中蘭卿, 託蘭庵奉呈書, 今日願賜回答. 僕請
携歸以贈, 至懇至懇. 僕今將之朴公舍, 後當復來, 願公許之.

○ 復　　　　　　　　　　　　　　　　　　　　　　　活庵

頃奉草草, 不勝依悵. 幸得更拜, 欣抃曷已. 僕憒憒客狀, 無足喩者.
九華公所答, 因仍客擾, 尚未裁也. 終當付於蘭庵耳.

○ 稟　　　　　　　　　　　　　　　　　　　　　　　雪樓

九華之待回答, 猶旱之於雲. 願公今日一揮而裁答.

○ 復　　　　　　　　　　　　　　　　　　　　　　　活庵

雖欲一揮. 今連待客, 其能易乎? 且先有問者, 方起艸事有前後, 不
可倒次.

○ 稟　　　　　　　　　　　　　　　　　　　　　　　雪樓

金諾莫違, 則遲速, 唯命之從, 僕後當復來, 今不相揖而去, 從簡也.
勿怪.

活庵點頭.

○稟　　　　　　　　　　　　　　　　　　　　　　　　雪樓
僕當辭去, 唯所奉託復中澤氏書, 莫空金諾, 則幸甚.

○復　　　　　　　　　　　　　　　　　　　　　　　　活庵
當依示

右, 與良醫所筆談者, 三十九條; 詩, 凡六首

○稟 (朴蓬山, 製述朴公之僕也. 朴公出見林祭酒干本殿, 末歸之
間, 戲筆語)　　　　　　　　　　　　　　　　　　　　雪樓
足下姓名, 何如?

○復　　　　　　　　　　　　　　　　　　　　　　　　蓬山
姓朴, 名壽夫, 字君直, 號蓬山, 年五十二.

○贈朴蓬山　　　　　　　　　　　　　　　　　　　　雪樓
雞林五千里, 王事不辭勞. 定識還家夢, 應飛西海濤.

○復　　　　　　　　　　　　　　　　　　　　　　　　雪樓
願和之.

○稟　　　　　　　　　　　　　　　　　　　　　　　　蓬山
短文記錄已, 而未能作詩.

○稟   雪樓

足下, 有幾子?

○復   蓬山

有兩子.

○稟   雪樓

兩子, 旣娶否?

○復   蓬山

年幼, 並未娶.

○稟   雪樓

足下本貫, 何地?

○復   蓬山

京城

○稟   雪樓

宅, 在京城中, 何處?

○復   蓬山

今在東萊

○ 稟 　　　　　　　　　　　　　　　　　雪樓

足下, 好棋否?

○ 復 　　　　　　　　　　　　　　　　　蓬山

然

○ 稟 　　　　　　　　　　　　　　　　　雪樓

貴國, 以棋名者, 誰?

○ 復 　　　　　　　　　　　　　　　　　蓬山

亦多有之, 難以記錄.

○ 稟 　　　　　　　　　　　　　　　　　雪樓

足下, 好酒否?

○ 復 　　　　　　　　　　　　　　　　　蓬山

自少, 不飮酌.

○ 稟 　　　　　　　　　　　　　　　　　雪樓

東萊·馬島相近, 常來徃否?

○ 復 　　　　　　　　　　　　　　　　　蓬山

東萊, 距馬島, 水路四百八十里

○ 稟　　　　　　　　　　　　　　　　　　　　　　　　雪樓
足下輩, 本亦徍來否?

○ 復　　　　　　　　　　　　　　　　　　　　　　　　蓬山
戊午年間, 來去馬島一巡

右, 自金天壽至朴蓬山, 筆話, 凡二十五條; 詩, 一首

對馬州書記蘭庵紀君, 扈藩侯駕, 且護送韓使至 東武. 不佞, 得謁
焉. 遂請以文會, 韓國諸子君, 亦許之, 深副素望, 感謝罔已. 聊忘拙
劣, 奉呈二絶. 一以寓賀, 一以擬謝情, 並見于詩. 五月念三日

其一　　　　　　　　　　　　　　　　　　　　　　　　雪樓
使君千騎至東方, 韓國來賓觀國光. 書記翩翩多意氣, 此時應對壯
扶桑.

其二
香若芝蘭利斷金, 新知交義更何深. 風流將見韓家客, 不負平生一
片心.

○ 韓館呈來會諸子(六月九日, 下同)　　　　　　　　　雪樓
薰風六月樂嘉賓, 翰墨共攀韓使輪. 自笑同鄉多少客, 識荊却後漢
城人.

○次山官君韻 松崎惟時(字, 才藏)

少年觀國作親賓, 舊識文章老駔輪. 不用相逢問名姓, 看來都似眼中人.

(原養澤氏, 亦有和詩. 館中稠人紛冗, 及歸失之, 故不載)

○韓館贈松崎才藏氏　　　　　　　　　　　　　　　雪樓

儒林君自不羣材, 何幸此時雲露開. 能使韓臣聽師說, 經濟應識有春臺.

○次雪樓君韻　　　　　　　　　　　　　　　　　松崎惟時

總角從師愧不材, 傳経何得有疑開. 遺書自信秋陽烈, 不肯漫傳威鳳臺.

○韓館奉寄麟洲兄　　　　　　　　　　　　　　　　　雪樓

韓館雨晴夏氣薰, 不圖邂逅此論文. 詞林他日若無厭, 載酒時時訪子雲.

○奉答雪樓兄　　　　　　　　　　　　　石川正恒(號, 麟洲)

一辭十載帝京春, 書劍蕭條大海濱. 豈料今朝韓館上, 始知時有草玄人.

○奉呈矩軒朴公足下 九華(姓中澤, 名芳, 字蘭, 東武列醫官)

龍蛇使節自朝鮮, 英士追隨魏闕前. 金馬才名馳海內, 賦成何讓漢儒賢.

○ 奉酬九華公惠寄　　　　　　　　　　　　　　矩軒

裁得蛟綃五色鮮, 珊珊寶氣忽堆前. 多日推成醫國術, 陰功何讓范
公賢.

○ 呈趙活庵足下　　　　　　　　　　　　　　　　九華

天涯紫氣掩星槎, 萬里錦帆映日華. 聞說朝鮮多藥物, 神樓元是在
君家.

○ 奉酬九華公贈韻　　　　　　　　　　　　　　　活庵

藏得靑囊逐漢槎, 扶桑幾處詠繁華. 君房已識靈芝草, 欲問三山採
藥家.

○ 奉寄朝鮮國製述官矩軒朴先生, 幷引.

　　　　　　包桑(姓平野, 名直道, 字土行, 備中國松山府要藏)

台臺才名震吾邦, 僕以府務鞅掌而不得接芝眉, 徒增溯洄之思耳. 因
詩以伸獻芹之意, 唯君子不遐棄而賜和, 則猶得驪龍珠. 伏冀亮之.

　　西海遙來萬里槎, 日邊玉節有光華, 詞場久望雞林客, 願使彩毫藏
我家.

　　此和未來

○ 通刺　　　　　　　　　　　　　　　　思齋(姓名見下)

僕, 源姓赤松氏, 分族今稱上月氏, 名典則, 字公眙, 號思齋. 受業
于白雪樓門下. 見仕多古侯府, 隨師得以奉謁諸公, 欣扑罔罄, 呈一絶
以攄鄙懷.

〇 奉呈朝鮮國製述矩軒朴先生案下　　　　　　　　思齋

城東稅駕壯遊人, 志氣淩雲出世塵. 相遇忽疑玉山列, 光輝自是滿堂新.

(此和, 未來)

〇 奉呈朝鮮國書記濟庵李先生案下　　　　　　　　思齋

畫戟龍旗夏氣催, 善隣使者海西來. 雄飛遙度五千里, 忽見韓家專對才.

〇 奉和思齋　　　　　　　　　　　　　　　　　　濟庵

鼯歌蟬啼金火催, 松滿江州兩細來. 蒹葭一水人如玉, 萬里徒傳吐鳳才.

〇 奉呈朝鮮國書記醉雪柳先生案下　　　　　　　　思齋

梵官五月兩紛紛, 咫尺生雲望不分. 共是異邦萍水侶, 對君却問仲宣文.

柳公有疾, 不和

〇 奉呈朝鮮國書記海皐李先生案下　　　　　　　　思齋

薰風客舍樹森森, 韓國使軺意氣深. 坐上清譚似潮湧, 兩邦交義堅如金.

〇 奉酬思齋瓊韻　　　　　　　　　　　　　　　　海皐

炎雲還許氣蕭森, 隔面詩來意更深. 惟恨各天生並世, 百年情緒比南金.

右, 附錄上下, 詩通計十九首, 通刺一道.

祭祀來格說尙齋先生著　出來　全一冊
二蕃歷代圖山官先生著　近日出來　全一冊
寬延元戊辰九月
通油町
東武　書肆湏原太兵衛藏.

【영인자료】

和韓筆談　薫風編

和韓筆談　薫風編　卷上 / 318
和韓筆談　薫風編　卷中 / 270
和韓筆談　薫風編　卷下 / 240

祭祀来格説　尚齋先生著　　　　全一冊

二蕃歴代圖　山官先生著　　　　全一冊
　　　　　　　　出来
　　　　　　　　血日出来

寛延元戊辰九月

東武　書肆　通油町　　源原太兵衛藏

51

薰風客舍樹森森韓國使軺意氣深坐上清譚似潮

思齋

湧兩邦交義堅如金

奉酬思齋瓊韻

思齋瓊韻

海皋

炎雲還許氣蕭森隔面詩來意更深惟恨各天生並

世百年情緒比南金

右附録上下詩通計十九首通刺一道

味韓筆談薰風編卷之下 終

50

奉和思齋

馬歇蟬啼金火催松滿　江州 両細来薫葭一水人

望萬重徒傳吐鳳才

濟庵

奉呈朝鮮國書記醉雪柳先生案下　思齋

茂宮五月両紛紛咫尺生雲望不分共見異邦萍水

伹對君却問仲宣文

柳公有疾不和

奉呈朝鮮國書記海皋李先生案下

49

奉呈朝鮮國製述矩軒朴先生案下　思齋

城東稅駕壯遊人志氣凌雲出世塵相遇忽凝壬山

此和未來

列光輝迫是滿堂新

奉呈朝鮮國書記濟庵李先生案下　思齋

畫戟龍旗夏氣催善隣使者海西來雄飛進慶五十

里忽見韓家專對才

芝眉徒增溯洄之思耳因詩以伸獻芹之意哉

君子不遐棄而賜和則猶得驪龍珠伏藏龕之

西海遙来萬里槎日邊玉節有光華詞場久望雞林

客願便彩毫藏儂家

此和未来

通刺　　　思齋見下名

僕源姓赤松氏分族今稱上月氏名興則字公貽驕

思齋受業于白雪樓門下見仕多古俠府隨師得以

奉謁諸公欣抃圃罄呈一絶以攄鄙懷

47

天涯紫氣掩星搓萬里錦帆映日華聞説朝鮮多游

物神楂元是在君家

奉酬九華公贈韵

沽庵

藏得青襄逐漢搓扶桑幾處詠繁華君房已識靈芝

卓欲閒三山採藥家

奉寄朝鮮國製述官矩軒朴先生并引

行備中國松
山府要藏

包桑姓平野名
直道字士

台墨才名震吾 邦僕以府務鞅掌而不得接

46

附録下

奉呈矩軒朴公足下　東武州醫官
　　九華姓中澤名□芳守蘭

龍蛇便龍自朝鮮來土追隨魏闕乘命□才名馳海

內賦成何讓漢儒賢

奉酬九華公惠寄　矩軒

裁得鮫綃五色鮮珊珊寶氣忽推許多曰推成醫國

衛陰功何讓范公賢

星趙活庵足下　九華

奉答雪樓兄

一辭十載 帝京春書劍蕭條大海濱堂料今朝韓

館上始知時有草玄人

石川正恒

韓館贈松崎才藏氏　　　雪樓

儒林君自不羣材何事此時雲霧開能使韓臣聘師

說經濟應識有春臺

次雪樓君韵　　　松崎惟時

總角從師愧不材傳経何得有疑開遺書自信秋陽

烈不肯漫傳威鳳臺

韓館奉寄麟洲兄　　雪樓

韓館雨晴夏氣薰不圖邂逅此論文詞林他日君燕

厭載酒時時訪子雲

香若芝蘭利斷金新知交義更何溪風流將見韓家

客不負平生一片心

韓館呈來會諸子 六月九日下同 雪樓

薰風六月樂嘉賓翰墨共攀韓使輪自笑同鄉多少

客識荊郊後漢城人

次山宮君韻

松崎惟時藏 手才

少年觀國作親賓舊識文章老斷輪不用相逢問名

姓看來都似眼中人

原養澤氏亦有和詩館中稱
人紛冗及歸失之故不載

附録上

對馬州書記蘭庵紀君屋潘筷駕且護送韓使
至東武不佞得謁焉遂請以笈會韓國諸子
君亦許之深副素望感謝囤已聊悉拙为奉呈
千絶一以寓賀一以擬謝情並見于詩青念言

　其一　　　　雪樗

便君子騎至東方韓國来賓觀　國光書記翮翮多

意氣此時應對牡扶桑

　其二

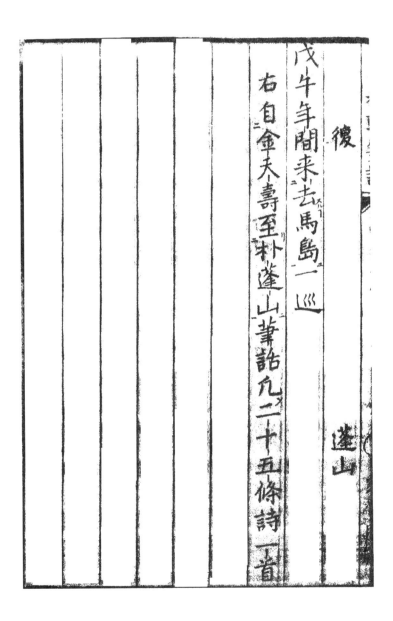

戊午年間来去馬島一巡

右自金夫壽至朴蓬山筆話凡二十五條詩一首

復

蓬山

足下好酒否

復　　　　　　蓬山

自少不飲酌　　雪樓

禀　　　　　　雪樓

東莱馬島相近常来往否　蓬山

復　　　　　　蓬山

東莱距馬島水路四百八十里　雪樓

禀　　　　　　雪樓

足下輩本亦往来否

稟　　　　　　　　　雪樓

足下好棋否ヤ

復　　　　　　　　　蓬山

然リ

稟　　　　　　　　　雪樓

貴國以棋名者誰ソ　　蓬山

復　　　　　　　　　蓬山

亦多有之難以記録ニ　雪樓

稟　　　　　　　　　雪樓

年幼並未娶

稟　　　　雪樓

足下本貫何地、
復　　　　蓬山

京城
稟　　　　雪樓

復　　　　蓬山

宅在京城中何處、
復　　　　蓬山

今在東萊

稟
蓬山

短文記錄巳而未能作詩き

稟
雪樓

復
蓬山

足下有幾子

有兩子
雪樓

稟

兩子既娶否
復
蓬山

足下姓名何如

復　　　　　　　　蓬山

姓朴名壽夫字君直号蓬山年五十二

　贈朴蓬山　　　　雪樓

雞林五千里王事不辭勞定識還家夢應飛西海濤

禀　　　　　　　　蓬山

足下解詩觀之事理當然可賀可賀

復　　　　　　　　雪樓

願和之

35

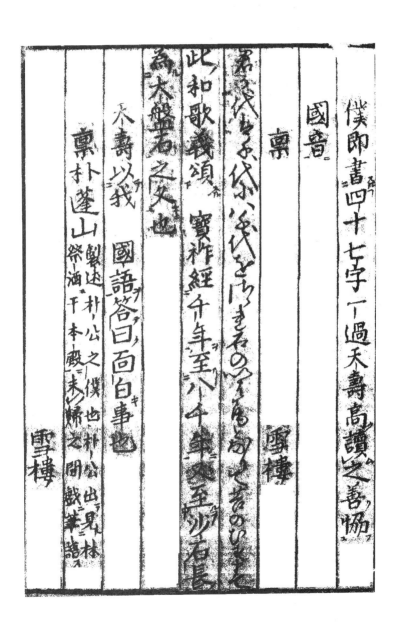

僕即書四十七字一過天壽高讀之善慇

國音

票

塼樓

君波伐乃代八代を乃乃て～るのとよろ石長

此和歌義頌 寶祚經千年至八千年又至沙石長

爲太盤若之父也

天壽以我 國語答曰百白事也

稟朴蓬山 製述朴公之僕也朴公出見林祭酒千本殿末歸之間戲筆謌

雪樓

而去從簡也勿怪ク

治庵點頭

稟　　　　　　　　　　雪樓

復　　　　　　　　　　治庵

僕當辭矣唯所奉託復中澤氏書莫空ヘン語則毋甚

當猥示

右與東醫所筆談者三千九條詩凡六首

天壽偶來朴慈軒舍未嘗
稟與僕政通姓名ヲ直ニ云云

金天壽

願書キいのは、

33

狀無足喩者九華公所答因仍客擾尚未裁也　終壹

付扵蘭庵耳

　　　稟　　　　　　　　　雪樓

九華之侍回答猶羣之扵雲願公今日一丁揮而裁答

　　　復　　　　　　　　　浩庵

錐欲一揮今連待客其能易乎且先有問者方起艸

事有所後不可倒次

　　　稟　　　　　　　　　雪樓

金諾莫違則運速唯命之従僕後當復来今不相揖

復

活庵

如再訪深幸

覃　六月九日下同

近日奉誨之後有事故不候起居蓋甚鬱鬱國料馬

雪樓

福多賀多賀謹此再奉候且九華中蘭卿託蘭庵在

聖書今日願賜回答僕請攜歸以贈至懇至懇僕今

將之朴公舍後當復来願公許之

復

活庵

頃奉華翰不勝恨悵幸得更拜欣抃無已僕憒憒容

聞清國聖祖名玄曄今主名未聞願示之

復　　　　　　　　　　　　　浩庵

今皇帝諱弘曆

稟　　　　　　　　　　　　　浩庵

僕方飢甚喫飯公休咎ルコトヲ　　雪櫃

僕　　　　　　　　　　　　　雪櫃

願從客以終食　　　　　　　　

稟　　　　　　　　　　　　　雪櫃

聞館中有貴客僕當辭公近日又來見耳

30

邦

然矣

再復

活庵

稟

曹種

曹聞貴國穆宗昭敬王之後凡七主屬諡騙諡騙在同

盟國亦斷當知也願示之

復

活庵

君卒難以詳知

稟

雪樓

後藤佐十郎姓名何如郎其名否　　　　復

　　　　　　　　　　　　　　　　　　　　　洽庵

後藤姓桩一郎八國俗所呼之號也其名僕未之知

禀　　　　　　　　　　　　　　　　　　洽庵

禀　　　　　　　　　　　　　　　　雪樓

古人之姓皆一字而貴國有二字爲姓者多何也

　　　　　　　　　　　　　　　　　　洽庵

復　　　　　　　　　　　　　　　雪樓

我邦多以地名爲姓者故有二字三字至四字五

字者亦地名耳雖漢土亦有複姓二字姓何必拔

貴國近世以醫名于時者蓋多願聞誰為之最震者

復

洛庵

今之醫難以枚舉

凜

洛庵

大醫院中善醫者幾人

復

雪樓

大醫院中濟濟多醫三百餘負世其家不啻三世皆

為一代國手未可以一二姓名喜近世京師有後

藤佐一郎者以醫劑一家言大名于世今也登是錄

再次所韻呈活庵　　雪樓

崔蒐香剎雨聲㴱金匱神樓國手心此又相逢心似

水那論蜻域與雞林　初我太祖神武帝嘗名一國曰蜻蛱洲以其地勢長也世

稟　　活庵

神武帝距今爲幾年

復　　雪樓

神武帝即位元年即周惠王十七年也崩後至于當

今凡三千餘年蓋當貴國箕氏中世　　雪樓

稟　　雪樓

26

疊韻州韻寄贈雪樓 趙敬老

荷塘橘圃一林深雨裏閒愁遠客心雲月有時詩思

湧讓隨諸白坐西林圖之酒名

奉和洁庵 臨搏

蕭寺畫閒漏聲深自是主賓物外心忽見滿堂和氣

動彩毫花發滿詞林

疊亦韻星麟洲雪樓二公求和洁庵

城市中間古寺深海天細雨落池心依然多謝慇懃

意客楊詩秋晚竹林

復　　　　活庵

非謙是實情也路上或有一二小詩而僕本無謄藏
之事不得奉副可嘆

席上贈活庵　　　雪樓

帆橋萬運客心雄西海星槎訪一日東欲識殊方一
家奸薰嵐觧慍滿華宮

奉復雪樓公贈韵　　　趙旅老

筆勢詩情最是雄休明昌運海之東吾懷幽趣無人
識雨邑蒼蒼坐暮宮

僕在家讀書亦惟塞飽暖無教之責耳聞公以國
兼善書善詩願得示旅中所賦詩二三章則實華容
之榮也華勿吝

稟　　　　　　　　　　　　　雪梅

復　　　　　　　　　　　　　洽庵

僕不過一小醫有佩詩文之可論傳之南皆妥矣

稟　　　　　　　　　　　　　雪樓

謙之尊而光足以覧其德輝雖然願示一二三章使僕

□夷矣毋辠

復　　　　　　　　　　洺庵

僕姓趙名崇壽字敬老號洺庵

稟　　　　　　　　　　雪博

公等隨使節而東桑弧蓬失之願畢寶可謂大夫之
事與僕之無似無可仕以補於生故初仕龜田氏今

退讀書于家

後　　　　　　　　　　洺庵

公在家讀書未知何樂加此僕非武亦非文徒逐隊
而已無足言者

22

筆代舌得以與殊方人攄情者如此亦足以知韓國
雖蠻西蕃而文教有所涵濡焉要愛我
國家太平日久而文運日亨海外之民亦皆沾其澤
之朗致也巳至今天壽能通和語處和歌則亦
最知箕邦之俗遂可一變以至於我
神州之俗兵僕雖艸莽之臣而亦豈可為此不抃歡
平

禀六月四日下同

雪樓

山宮維深識

僕姓山營名維深字仲淵江戶人號雪樓

情急無所言ッ

右與朴李三子筆談唱和者自上卷至此筆談凡

一百八十五條詩凡四十一首尺牘二首記一首

延亨聘使隨行良醫趙崇壽號字敬老活庵僕因蘭庵紀氏

紹介得以會于客館筆談唱和者再火并他人寫事

金天壽粹君覺號紫不期而筆語及制述官僕朴壽

太山君直號道通筆舌者亦得數紙雖闕語而有

可以備他日両地各天無窮之感者因不忍棄聊錄

之如左嗚呼如朴蓬山固勢使臣之賤隸然猶能以

両地之夢當於滄海頭相逢耳何如倘如

禀　　　　　　　　海皐

今日又此喧聒不能竟足下之所得良恨良恨

復　　　　　　　雪樓

別情不可言惟所奉託來格說跋莫竟企諸書悲至

退

禀　　　　　　　海皐

方此紛擾當得暇奉副耳別情如海

復　　　　　　　雪樓

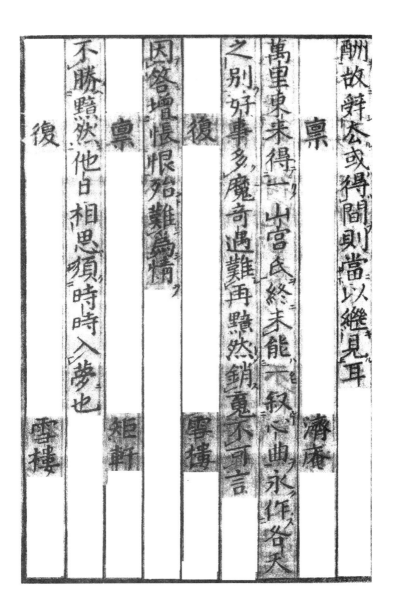

酬故辭去或得間則當以繼見耳

稟 濟庵

萬里東來得一晤當氏終未能一叙一曲永作各天
之別好事多魔奇過難再黯然銷魂不可言 雲博

復

因答增恨恨始難爲情 矩軒

稟

不勝黯然他日相思須時時入夢也 雪樓

復

別情惘惘語自不免刺刺唯所願來格說跂莫空僕

素堂

復

來格說豊欲孤負盛意而長日如是何能捱思弟有　　矩軒

稟
間時當從教耳今日是此生之別延耶心覺悵惘　　濟庵

復
可能繼此而得見否意中人終不得一穩中心如結　　雪樓

恨恨不可如何而爲館中初見之人多不欲効其嗚

17

諾可留紙否

濟庵掉頭不肯即還紙其人

稟

僕及華溪穎川〔余人皆少年秀才〕僕此日相伴在埤 辭甚諸公當莫勞 霅樓

稟

起撐紛紜中徒 和禮亦不恶

復 矩軒

坐擾如是無以與意中人說意中事終日差池有永

別之教深覺悵然

稟 雪樓

16

忙擾如レ是何以副二盛意一擬向二浪華一奉酬耳

戲題雪樓扇畫　　　濟庵

梅耶竹耶雪雲俱空五月北窓欲然相遇者風耶

又

半輪明月上下金光我揮彩毫凧作宮商

彙

于レ時廬人群集于階
前携レ紙求二書故一云レ云
　　　　　濟庵

以後日俟二容時一磨墨更来之意言及二此人各生不能

通語故奉託

僕即以二國語一喩
其人且ツ云二云

復　　　　　雪樓

即又援筆寫此十二字書于後日仲淵氏來寫此
詩予感而題之道其東耶

稟

濟庵

荒詩拙筆日以為常貽笑異邦多矣愧愧不可言

雪樓

復

雪樓

吾邦良賤皆相道貴邦人運筆太似趙子昂況公

之善于書固不負所望何謙之有

稟

雪樓

平野直道詩願賜高和思齋詩亦乞和願許之

矩軒

復

14

讀書詩甚多何可盡記

稟
雪櫨

半畝方塘詩

復
海皐

諾
稟
雪櫨

願寫恭惟千載心秋月照寒水大字以賜之
游庵

復
游庵

公之志道可謂正矣道其東耶

眼中真見六鰲岑一曲回過一曲深人道感倦吾来

信推擠不忘是鄉心

題箱根湖詩于雪樓便面　每阜

箱根湖水似曾聞綿竹叢西漾落曉朝絕自怜山外

海氣蒸時淺洞中雲平蟠幾曲時時見靜受層陰隠

隠分猶有九龍咸窟宅百年風雨夜紛紛

稟　　　　　雪樓

文公讀書有感詩顧寫之以賜淺潟以掲諸齋壁　海阜

傻

12

坐久情濃彩筆翻樓頭飛雪郢中篇瑤琴今日君

理那減龍門一代賢

和寄雪樓小主人

大筆桑池助々日東遠投汪館蕭皇華年未成重頭甬

露斗間光氣射君家

稟

有小扇面願寫施中作

宿海中作本願寺為白雪樓題

依韻奉酬海皋

雪樓

雪樓

矩軒

雪樓

矩軒

知音未必問西東琴曲調和情自通忽見新詩照眼書

案碧紗長護小樓中

奉贈雪樓鮮嘲　（河與中巻參）

濟庵

懶題惠連賦不誦于鱗詩龍門絃未絶相像立雪時

奉和濟庵見贈韻

雪樓

家隔五千路人通三百詩鮮嘲又專對功就使東時

奉贈白雪樓主人鮮嘲

海皐

養志藏修三十年肄君漫學濟南篇始聞盧室新生白

白瑩雪深霄助聖賢

江關流水綠如紗樓日薔薇橘影斜山海萬重心不

閘龍門歌曲素王家

奉和　雪樓

海皐

曲滄海辛重客返家

海南侵帳潤綠紗相逢每恨日將斜臨別更唱相思

矩軒

寄題白雪樓

樓在扶桑日月東欄頭呼吸十洲通鳳州歷下非吾

寄題白雪樓

道獨使門人口雪中

奉和粏公寄題予白雪樓高韻　雪樓

國有成法行古今之所未當異者豈必膓泏以行

章庚數之宜於古宜於西者於今與陳哉典籍之多

也博雅之士所以觀會通而行典禮也奚得以不楼

刻秉節於古謂人自人書自書乎

韓國諸君子歸在近奉訪客舍痛上職呈濟

庵海皐二公

城頭積畢開窓紗客舍鶺鳴焗雨斜別後各天相憶

夕月明何處望君家

奉和雪樓　　　　　濟庵

復

矩軒

一常平社倉法用之、

一春秋鑑廷用胡傳、

一神主之贈題名用右、

稟

濟庵

貴邦於書籍恐多自長碕流來者至於典章文物其

博通淹習亦非不足而冠昏喪祭之禮徧於見聞則

全似不遵古制得無書自書人自人之嫌耶

復

雪樓

一儀禮續通解何如

復　矩軒

晚村講義吾邦學者皆尚之無容更議詩廣大全未

曾見之儀禮續通解亦多可取而全儀則不可正好

參看

稟　雪樓

一常平社倉法貴國亦用之耶

一春秋胡傳左傳諸公孰用之

一神主題名書奉祀名於左於右耶

金冠玉佩我朝大公會時服之適異國者亦如之諸

軌事烏紗帽黑團領三梁木箴如大典

禀

雪樓

大典之後不復修改諸儀制耶

復

海臬

列朝皆有手教輯錄隨時損益改凡朝儀多異同

禀

雪樓

一呂晚村四書講義諸公觀之否所見何如

一梁溪王文金孺詩廣大全諸公亦用之否

5

六典吾天朝陽明大相國命群儒較正新刊惟以

藏于相府味廣敷人間不能使諸公見耳

復　　　　　　　海皐

大相國較本不得見可恨

稟　　　　　　　雪樓

以經國大典觀之諸公謁

大君之日所服皆公服而三使君唯為朝服于三使

君所冠三梁木蔵否其他諸官所戴襆頭否　海皐

復　　　　　　　海皐

復　　　　　　　　　　　　　　　　　　　　　　　　海皐

連日頗顧訊何堪感謝第以詩話用代名毛風如何

稟　　　　　　　　　　　　　　　　　　　　　　　　雪樓

唐六典我邦所傳明正德嘉靖二版而已並多磨

滅不知貴邦有官刻私刊無誤之本耶

復　　　　　　　　　　　　　　　　　　　　　　　　海皐

六典邦無刊本只於中秘書及貴人學士家藏明

朝舊本或貿來於燕肆而亦皆明時舊本耳　　　　雪樓

稟　　　　　　　　　　　　　　　　　　　　　　　　雪樓

暴甚卒卒餘恨殊切荷此三顧至感當如何僕輩得

日漸迫別意惘然不知今日已告別耶發行亦當為

一封之便耶

禀　　　　　雪樓

僕今夕欲告別太難為情但又有送序將奉贈自當

有馳仆之便

禀　　　　　雪樓

公等歸期日逼僕不能為石尤風悵恨何如今日願

傾倒所懷耳

和韓筆談薫風編卷之下

粟　六月九日下同

陰晴未定起居平安多賀多賀嚋昔餘情未罄謹此　雪樓

奉候

復　游庵

方候復撑芝眉以作萬里之別得此委顧一何幸耶

可感可感僕輩歸日漸近一喜一悵従今永作各天

人矣情累難合只令人作惡

復　榘軒

1

和韓筆談薰風編卷之中

上矩軒 朴公尺牘 六月十一日 雪樓

昨始坐了春風和氣一團殆使僕心醉鳴呼其生也

各在風馬牛不相及之地而忽泰斯同堂合席之歡

而其卑耶何卑耶加賜以珠玉數篇而賀覿冕富庶

而徃寶而歸不知所謝謹郤詩十章奉墨毫下趣

候在近伏祈照鑒不備

奉呈矩軒 雪樓

寶館逍遙翰墨林 江城風雨晝陰陰文字飲中更

相約負蘭不隔兩邦心

上齊庵李公尺牘　　　　　雪樓

昨始接眉宇鄰谷各頓盡加以賜和章數凹殆如獲天

球大貝感謝之深不啻桃花潭多事多幸謹奉和圖

巖感韻以充謝迚日當趨候書不能悉思亮之亮之

不備

次冨士山韻　　　　　雪樓

縹渺彩雲五色聯影涵滄海不容遮萬年特地鍾眞

氣六月中天懸雪花

上海皋尺牘

　　　　　　　　　　　　　　雪樓

僕夜閱斗牛者久昨得親觀龍泉太阿怳然自失鳴
呼精光之射久可謂甚矣歸後猶覽秋水之精煇凜
于心目為耳謹茲奉和惠韻及箱根作又賜一尉以
擬謝非卿鼠而嘛鳳也又非以芥瓜報瓊瑤也永以
為好而已詩曰采對采菲莫以下体趙係在逾書本
盡心唯冀諒察不備

　　　　和箱根作　　　　　　雪樓

翠嶺萬重霧未晴潮光閱鏡獨清明關門紫氣迎仙

色谷口　白雲闌鳥聲瑤草瓊花雖悦目怪巖奇石愚

驚情莫言行路險如此使者長屁比駿名

奉和海皐見贈韻二首　　雪樓

雲氣幾重鎖海門鄉心何異使河源牡鶴聲急萬家

雨夢後空傷客裡愁

聖學由來自有門閩中湧出是淵源十年寒水與秋

月照得古今君子氋

棗六月七日下同

　　　　　　雪樓

一雨後蒸暑伏惟三君起居多福昌堪崔躍蹦日始

4

奉懇勤之餘歡感謝固聲再趨案下謹候動履日昨

之昨託蘭庵公呈牘及詩不知既落諸公手否

一豚兒名維張年十二絕慣句讀羨父之覆識荊漫

奉呈俚言僕惟茲息且凜受薄弱以故甚有舐犢之

意日復一日空致遊戲消日雖教作詩而未能善調

聲雖教書字而未能正字畫雖然小兒之志亦不可

徒止遂攜其詩以奉呈案下伏冀諸公賜和以勉其

志則僕之願也公其幸察諸

奉寄朝鮮國矩軒濟庵海皋三先生臺下

五色彩雲護使車三韓日本共文華故山路遠萬餘

里元自丈夫不憶家

　　　　　復　　　　　　矩軒

連日泪擾病憊不能起荷此再訪何喜如之今即詩

宛轉如盤中之珠足下福柳天矣可賀日昨之書與

詩俱同領而因假和謝今幸面奉多少都在肇古

　　　　　復　　　　　　鴻庵

殊有鳳毛

和贈山宮童子

濟庵

方朔呀呀青電車東滇謫下筆生華丹山鸞鶯無匹

羽詩禮廉所勉克家

和贈武藏童子

海皐

巫峯秀色落征車彩雲披拂問東華人歸萬里詩隨

篋丹宄祥毛說謝家

稟

雪樓

豚兒詩特蒙盛賞愈當勉勵誘掖耳唯願賜和以視

之儿右永以為鑑戒敬言策

和韓筆談

復
矩軒

後日可持来
矩軒

奉白諸君子
矩軒

今日奉受回答國書云云筆語以竟求無妨耳
雪樓

復
雪樓

所示敢不従命
雪樓

稟
雪樓

日本書紀書韓地交通之諸國有安羅國任那國加

羅國耽羅國散半奚國斯二岐國卓淳國㖨國卒麻

8

國加羅國即駕洛國主金首露所治乎任那王姓來

聞其餘國今何在

復

濟庵

書籍無可徵

稟

雪樓

耽羅即濟州地否星主之後今存否

復

濟庵

星主之後爲高氏梁氏

稟

雪樓

大昌閣藏

日本紀註引百濟本記今不傳貴國尚存否

有　　　　　　　　　　　　　　　　　　　濟庵
復

有　　　　　　　　　　　　　　　　　　　雪樓
稟

檀君東國通鑑若爲檀氏者東國史畧即爲桓氏不　　雪樓
知孰是

檀氏是也　　　　　　　　　　　　　　　　　濟庵
復

檀氏是也　　　　　　　　　　　　　　　　　雪樓
稟

10

新羅國初稱居西于呼貴人之稱也又稱次次雄神
之之辭尼師今齒理之稱其他麻立于之類方言今
尚存否

復　　　　　　　　　　　　　　　　海臬

羅氏俗語今士大夫恥言之所稱付之書契以非

稟　　　　　　　　　　　　　　　　雪樓

東諺傳卷數作者如何

復　　　　　　　　　　　　　　　　海臬

東諺傳不知爲何名

正德聘使書記君答我人曰東諺傳有壬仁人

本事　　　　　　　　　　　　雪樓

稟　　　　　　　　　　　　　　雪攈

復

此書不過里巷文字非學士輩所常見故嘗未讀

稟　　　　　　　　　　　　　　雪樓

復　　　　　　　　　　　　　　海皋

高麗史作者卷數願聞之兼史提綱僕嘗一見忘其

作者好書否

復　　　　　　　　　　　　　　海皋

高麗史鄭麟趾等所纂彙史提綱愈深先生著 号市南■者

稟　　　　雪樓

清乾隆王文集傳于我　邦未知貴國亦傳否　海皐

復　　　　海皐

二十冊辛酉年出來

稟　　　　雪樓

僕本期衆間從容質正朱夫子書載退溪節要者之

中所未解者唯以諮中擾擾不得如意他日當別作

問目託蘭庵公呈諸旅中耳幸賜批答且雪樓詩■

來格說跋語願萊間而賜之僕之門人小子數十輩

瞽望之如霓之於旱上月典則僕之門人小子中最

又者也幹門下事願正旦賜所奉寄詩之和斯僕之

至願也

傻

　　　　濟庵

暇日當如教

又

　　　耻軒

連日如是汨撓恐無閒隙可作若有沙暇敢孤盛意

耶朱書問目當蔟之諸文字留債山積恐難得暇然

14

足下所託亦當別致意耳

再復　　　　　　　　　雪樓

深感深感

稟　　　　　　　　　　雪樓

公所師事何人ッ

復　　　　　　　　　　濟庵

雖言其人足下何以知之ヲ

稟　　　　　　　　　　雪樓

唯欲聞賢者之姓名耳一知姓名則或他時得其書

而以見其學脉之正

復　　　　　　　　濟庵

世無退栗則不曰師曰身子

稟　　　　　　　　雪樓

陳與黨學部通辨何如

復　　　　　　　　濟庵

甚醇正我國退栗多稱之

稟　　　　　　　　雪樓

中山傳信録兄觀之否

未見

復

清徐葆光所纂其詳其國事非海東諸國記也比蓋奉使留滯之間所詳之也其土俗與日本太同蓋以爲我薩摩州附庸也

復

小琉球即大琉球宗室也

稟

稟

海皋

雪樓

海皋

雪樓

宗室者何耶

中山王也　　復　　海皐

禀　　雪樓

慶長中薩摩族家又遣兵滅中山擒王尚寧而歸見

之于　大君中山請永為附庸非小琉球即尚島大

琉球也至今為薩摩臣　復　　海皐

巳聞之

稟 濟庵

陸王之書亦已從頭至尾把捉奸贓否

復 雪樓

僕純上讀朱子語類文集未多讀陸王書雖然如王
氏格物觀竹之疑則分明看破至如晚年定論則不
足取最足以知王之姦陸之學朱子說瞭然

稟 濟庵

學路甚醇深足敬服近世有張中丞訂集畫載宋元
明諸儒之書足下曾見之否

19

僕未之見　　　復　　　　　　雪樓

　　　　　　　稟　　　　　　　濟庵

在我國時見之云名理學全書

　　　　　　　復　　　　　　　雪樓

僕當索諸書林

　　　　　稟　　　　　　　　雪樓

翁子三柄謹奉貽朴公二季公扇面書詩者三井親

和字儒卿信濃州諏訪人師事廣澤先生以善書名

于東武門人甚多作詩者長民則我尚齋先生之子

蓀鶯則播磨州赤石儒學伯鄰則源君義門人

　　　扇面詩三首　龍湖三井親和書

黃鐵風生鐵馬飛獨憐義士塊戎衣華山他日春煙
綠不及首陽岩畔薇　右梁田景鶯題伯夷叩馬圖詩

寒雨悲風雁叫千山萬水人歸平生心膽如鐵今日
別離濕衣　右三宅長民送人詩

南夷烟草昔誰栽縷切盤中小作堆不是碧筒通酒
氣應須玉管動羖灰山中怡悅持雲贈庸上飛談捲

霧來莫問紫陽仙子術餐霞吸景到蓬萊　右益田伯

隣詠烟艸詩

復　　　　　矩軒

扇詩雅而警言筆甚縱橫有氣俱是東南難得之寶得

之不意如拱壁

復　　　　　海皋

文筆俱雅東來罕見

稟　　　　　雪樓

景鸞題伯夷圖詩有微意尊意何如

復　　　　　　　　　　　済庵

似有托意此出於靖獻遺言之餘派耶　　雪樓

稟　　　　　　　　　　　　　　雪樓

遺言曾一觀否已傳貴國否　　　　　齊庵

復　　　　　　　　　　　　　　齊庵

聞而未見之

稟　　　　　　　　　　　　　　雪樓

崔致遠年代曆今存否卷數幾

復　　　　　　　　　　　　　　済庵

此冊無有〻

深藏兄著讀詩要領孟子考證公觀之否
　　　稟　　　　　雪樓

　　　復　　　　　矩軒

孟子考證已來而日日忙擾姑未拭眼其他未得見
之
　　　稟　　　　　雪樓

祚曰海皋公賜詩曰如何白雪樓為驍元美千巓再
返亀大非僕志即奉示所嘗作雪樓記以解嘲公幸

24

察諸作此記時僕尚仕、故記中有退仕等句

雪樓記附

雪樓在江城北小而且矮南鄉北背市近地狹青
苔侵階綠竹繞垣對窗者遠而富嶽近而城市而已
鷄鳴狗吠卧足以知萬家之稠密車聲馬嘶坐足以
卜大道之鰷華幽而不辟閒而不曠樓之主人倍而
兩雜史而如隱擁黃卷坐青氈猪陶陳毛之徒糜不
時而相從來登斯樓者非同僚則同志之人非譚經
則詞客之流旦至則雖未免一言簿書期會而徃徃

談關里之所罕言及曾叟之雅喜論議今古沙汰老
釋詩賦可以寫性靈琴酒可以掃邪穢豈非俗而爾
雅者千望城關則雄風至對市隅則雌風忽生陳簾
半捲新月親臨皆足以凝眸散襟春宜鳥聲秋宜蟲
鳴煙霞照扉雲霧出岫樓雜小而簃斯亦可棄哉主
人退公之餘相對忘憂門有物外之患當非更而如
隱者千有容間應門之童曰主人之名樓不以風月
烔霞岫中之諸勝而特命以雪抑有說耶童曰有主
人好清最喜致知之學雪者造化之清者也智屬玄

冬為貞冬則雪之時而雪則冬之華者也知時易之

所尚而華則實之所基于旦雪之於斯樓也千門萬

戶瓊瑤棄目富嶽八峯遙遙相映滕氏駐駕以清人

胄兒園之簡雖授而何僧主人家素賀代燭以雪尚

友古人於其間所以致知于豈不太快哉豈不太快

哉主人之名樓不以風月烟霞望中之諸勝而特以

雪者蓋為是耳鳴呼伯夷之清雖隘而君臣之義篤

世則之懦頑立志主人欲正名分守禮法而未能孟

子曰所惡于智爲其鑿也主人讀書處事要不鑿而

未能此其所以因各而自戒勉知與篇乎客人豈主

人主人曰詩云他人有心予忖度之者童子之謂也

乃携客登樓歌曰登雪樓兮坐討討嗟乎思百擁圖

書胸懷清白永如雪願使可心不負初遂微楮劇陳

毛為記延享二年歳在乙丑秋九月朔迪京雪樓主

人山宮維漢記

稟　　　　　　　　　　　　雪樓

雪樓命名之意何如

復　　　　　　　　　　　　海皐

意甚善矣他自當以二詩奉答聊嘲

稟

紺軒

別意不須說最恨日暮當罷如留後期最所望也

復

雪樓

明後日又將來

稟

海皐

酬應之餘暑症充滿腹小則歸路何以跋涉愁悶之

復

雪樓

既有行廚公其無憂深荷爱憐不知所謝

29

和韓筆談薰風編 卷之中 終

和韓筆談薰風編卷之上終

復　　　　　　　　　雪樓

不數日當復來候

稟　　　　　　　　　濟庵

今日忽忽未盡万一恨如之何若蒙他時從容強叙

則可幸可感

復　　　　　　　　　雪樓

當經見以近日

濟庵笑而不答

稟

雪樓

退溪答鄭子中書曰東人以辭吐讀不知貴國之辭

吐亦如我邦上下備環先體後用而讀耶

後

矩軒

鄒邦字音稍異漢共而已雖有辭吐不一直說去與

矩軒

貴邦不同

稟

矩軒

為林大學門人所挽未竟所蘊可欠老炭再訪何喜

48

貴國樂康獻王之所定乎或明樂耶毋德聘使觀我

國竹傳之樂公定聞之

濟庵

鄙邦樂剙我世宗大王令朴堧將成者也皇風樂與

資州後

民樂最新云辛卯使行時貴國竹傳之樂皆高麗

時聞靡靡之調云尓

祟

雪樓

吾邦所傳有五常樂益舜之韶樂也云其他聲有

古樂凡三百餘調豈唯高麗之俗樂而已哉

取其簡便也至大朝會則用烏帽子自張

復　　　　　雪樓

禀　　　　　濟庵

貴國自長崎多中州書籍至近世清朝文學之士

復　　　　　雪樓

徐乾學李光地所著述者足卞或既得見否

復　　　　　雪樓

長崎多致漢土書無書不有徐李書庭在傳中但僕

未之見　禀

雪樓

禀

46

復　　　　　　雪樓

女人染齒、取烈女不更二夫之義、以白者則可以米

可以黄、可以黒而緇者、不復變為他色也、婦人無袴

者、中人以下之制也、取其簡便焉耳、如高貴則固有

五重衣背子方言加、羅幾好裙方言毛、紅袴波方言如麻及襪而

士庶婦女則有大衣無袴、用襪或跣足者庶人之

女欠禮者也

稟　　　　　濟庵

奴隸無袴何耶

傻　　　　　　　　　　雪樓

冠昏喪祭如堂上諸官則有古式　東武士大夫及
諸侯之國之多遵小笠原禮損益之　小笠原禮則足
利將軍道義時命小笠原氏所定也儀制粲然不同
以倉卒詳說世之有志者往往遵行又公家禮者亦
不少

稟　　　　　　　　　　審庵

女人淬齒之俗象何剃度跣足無袴之法恐涉無礼
其義可得聞耶

44

而至今𦅫豆不廢

　　　　　　稟　　　　　　　　　　雪樓

小學集成諸儒跋皆極言活字之利𣆶知貴國有活

字而無各部扳耶

　　　復　　　　　　　　　　　　柜軒

我國私刊皆以木版經筵書史則用秘書監活字印

出蓋活字用備急印書之役耳

　　　　　　稟　　　　　　　　　　濟庵

貴國冠昏袞祭之禮范然不詳幸示本書

闇齋先生亦有此解不知得見否

　　　復
　　　　　　　矩軒

白鹿洞集解書尚有藏弃者未大行于世闇齋之解

無由得見以賀其說可恨

　　稟
　　　　　雪樓

權陽村入學圖說黃孝恭跋曰思欲藏之白雲洞書

院不知書院在何處何人所創今尚存否

　　復
　　　　　矩軒

白雲洞書院在於我國嶺南而其時多士之所創立

42

稟　　　　　　　　　　　　　雪樓

弊國官階以四品以上為大夫五品以下為即不與

復　　　　　　　　　　　　　海皐

唐及我天朝同不知一遵明制邪服色何如

官階則一遵明制故四品之別與唐制差異服色則

二品以上衣淡紅衣帶犀帶帽角合紗三品以下衣

深紅衣帶銀帶

稟　　　　　　　　　　　　　雪樓

松堂扑公有白鹿洞規集解見自省錄今尚有否我

和韓筆談

貴國穆宗昭敬王之後廟号諡号未之聞在同盟之
邦雖土歳而亦所當知也願示之

稟　　　雪樓

復　　　海皋

我大祖以上為穆祖翼祖度祖桓祖

稟　　　雪樓

復　　　海皋

非斯之謂問穆宗已後廟諡也

後　　　海皋

自穆廟至肅廟六世七王廟諡非會牟可記

40

免園策而已如六國史懷風藻經國集及諸實錄律

令等皆隷傳貴國耶吾　邦水戸義公以一代雄才

撰　大日本史二百四十卷但以未刊行不廣數人

間貴邦東國通鑑亦嘗以義公校刊行于世云

復　　濟庵

貴國之書出來鄒邦者絶少　日本通鑑卷帙頗多

而近来自譯所出来矣水戸族之二百卷史未得刊

行云可恨東國通鑑開已刊行云其史無亂厄雜無

足觀耳

宋元經疏數百卷聞出來　貴邦云見之否　　　濟庵

復　　　　　　　　　　　　　　　　　　　雪樓

經解數百卷深藏兄嘗見僕家貧無由致之未之見

其他小部經疏多在不能枚舉然惟取朱子文集語

類論孟精義或問及山崎先生尚齋先生諸書而足

不多求諸他義疏

稟　　　　　　　　　　　　　　　　　　　雪樓

經國大典和學部載庭訓往來童子教等書目此皆

稟

尚齋即綱齋耶

復

與綱齋同門非一人

稟

名云何

傚

綱齋姓淺見名安正京師人尚齋姓三宅名重圓来

格説首有小傳

海皐

海皐

雪樓

海皐

雪樓

37

禀

公等今所冠所服何等名目

禀　　　　　　　　　　　　　　　　　　　雪樓

復　　　　　　　　　　　　　　　　　　　濟庵

儳及矩軒着東坡冠穿敝衣海皐高幞冠白袷衣　雪樓

禀　　　　　　　　　　　　　　　　　　　雪樓

開貴國人讀東同字如篤似平聲反為入聲佩耶　矩軒

復　　　　　　　　　　　　　　　　　　　矩軒

東同平聲篤入聲両聲判若霄壤耳四聲之分一摠

韻府正音美有相混之謂耶

36

享保聘使洪黄諸公今皆已歿曾聞伊藤仁齋童子

問成書訖携歸不知諸君亦見之否

　　復　　　　　　　　　　　　海皋

洪黄諸公皆主九原成書訖亦為異物童子問豈

見而多博於經皆不足觀耳

　　稟　　　　　　　　　　　　雪樓

東武人傳誦豐齋者之詩豐齋何以耶

　　復　　　　　　　　　　　　濟庵

官以下或有之僕未詳

李退溪有裔而克其家否

復　　　　　　海皐

退溪有遺裔爲儒不能繩其祖武

稟　　　　　　雪樓

僕所居有雪樓望冨嶽于西南八峯町欄願賜寄題

詩　　　　　　矩軒

復　　　　　　矩軒

近日無聞日歸時如有隙當奉寄耳　雪樓

稟　　　　　　雪樓

祭祀來格說已觀之而此義自中庸鬼神章已稱難

讀非淺學容易說去之義何敢論其是非今被惠一

部受歸以見 貴國學問新民說見得甚精可賀可

賀

又 　　　　　　　　　　　済庵

此非造次究竟之書姑置之為望

又

来格說當東間熟覧而題語亦當留意耳

稟 　　　　　　　　　　　雪樓

河口子瀉尺、於夜深後暫、面艸艸以一千絶酬唱而已

拾襲則願留連酬酢ス有一書論易而僕輩怱怱恠未

復　　　　　　　　　　　　　　　　濟庵

答耳

稟　　　　　　　　　　　　雪樓

一尚齋先生來格說謹玆奉贈諸公各下部願書一

語于卷端則幸甚

一作新民說願賜一覽不知與公等所見同否

後

復　　　　　　　　　　　海皐

箱根嶺詩畫干雪樓便面　海皐

行盡不知雲日晴惟憑積翠畫生明澄湖軒輕分成

散瀑千峯谷有聲遠烏深蟬俱似夢亂藤危石自

為情如徜徉在天東國今古徒傳萬里名

　　　　　　　　　　　　雪樓

一播磨州姫路書記河口子深不知得與公等唱酬

否

一大坂處士留守挬襄僕同門翹楚聞數與公等會

不知有好議論否

稟　　　　　　　　雪樓

近日當奉示雪樓記以解嘲耳

復　　　　　　　　海皐

固所望

稟　　　　　　　　雪樓

扇面願煩諸公揮寫所作之詩賜之

詠富士山題于雪樓便面　　齊庵

帝圃珣玕淑氣催此躔玄武不勝遙滄溟舞影三千

里浩瀚高懸一朶花

疊和雪樓　　　　　濟庵

霞冠月佩謁東君瑤草瓊花滿意薫欲識高人邁軸

地笑容天畔迴雞群

疊和白雪樓　　　　海臯

桑東詩藻滿征靷羈旅渾忘萬里遙淨水悠悠看聚

欲青鸞無迹彩雲消

奉贈白雪樓　　　　海臯

鷗巢衣鉢尚齋門濂洛餘波定沂源如何白雪樓為

驅元夷于麟再返兔

29

再用前韻奉呈濟庵公　　雪樓

精舍雨餘忽對君滿堂和氣坐來薰自嘲此日野由

崔黄白卻隨鸞鳳群

再用前韻奉呈海皐公　　雪樓

萬里雲山便者輶觀風呉札不論遇本歡難得招三

舍只恨坐來白日消

奉次雪樓再疊韻　　　矩軒

龍蛇畫䳌濠蟲衣使節東臨滿路輝洞裏紫芝香幾

處流光萬里與人違

醉雪公老病在他所此詩當傳致而和章遷速不可
知耳

稟
　　　　　　　雪樓

和章遷速固所不恨也唯願得發路前賜和則為幸

煩公致其意
　　　　　　　雪樓

海皋點頭

再用前韻奉呈矩軒公
　　　　　　　雪樓

內美紛盈秀綺衣彩毫況復吐明璣殊方君子凌如

水尺尺論交情不違

27

奉和白雪樓惠韻　　海皐

銀河五月駐仙軺徐子山川不覺遙白雪樓頭聞郢

曲十年簞瓢喜潛消

奉呈朝興國書記酉雪柳公　雪樓

邂逅芝宮雲霧開深知時望與雄才倰星東轉德星 柳公有疾不在此席

裹天上人間瑞氣催

稟　　雪樓

奉呈醉雪公詩欲煩公傳致許否　海皐

復

26

奉呈朝鮮國書記濟庵李公 雪樓

何幸龍門御李君 江城六月 動南薰相逢始識韋

賓異韓國風流元不群

奉和山官氏 濟庵

逢難殁音久待君吉人風味覺蘭薰狂瀾日夜無由

障砥柱亭亭逈出羣

奉呈朝鮮國書記海皐李公 雪樓

騑四牡動星軺大海舟船不厭遙兩國新知誠可

樂渴鹿萬斛一時消

飯後當從容討話弗寬之

復

雪樓

當從容以終食勿為僕急之

奉呈朝鮮國製述矩軒朴公　雪樓

薰風吹遍使臣衣冠帶從容鵠德輝久望西方美人

至心期今日不相違

奉和山宮詞伯惠贈韻　矩軒

滴滴鼇岑翠滿衣東来旄節爛生糧錦纜淹留仙氣

迴朱欄悵望故山違

24

僕友大坂留守氏嚮既致書稱公風采是以企望之

深度日殆如年今也得遂披雲之願其為幸豈淺哉

東武直學士藤原兄僕之親友也研精覃思用意經

衍夙以該博文章名于世今日咫尺　講幄以存志

啓沈聞前日既為僕先容以故兼公之青眼如是亦

何其切耶惟盛奬之過僕不敢當深愧深愧

復　　　　　　　　　　　　　　　濟庵

謙光益以知足下之德

稟三子時就食　　　　　　　　　　矩軒

雖然古者相見必有贄今獨不可闕因賦七絶奉呈

以代贄若諸公席上賜和則幸甚

復　　　　　　濟庵

襄因中村氏聞足下之名極欲一攄心期今蒙賁臨

喜出望外貴國文獻非不美矣獨於談經之道竊

多背馳朱子甚至於吹毛覓疵不覺目歸於蚊蜻

樹之科僕未嘗不心恨之今聞足下獨抱遺絕純守

正脈真可謂遍地黃茅獨秀孤松甚盛甚盛

禀　　　　　　雪樓

稟六月四日下同　　雪樓

僕姓山宮名維深字仲淵武藏州江戸府人幼同藤
原深藏河口子深師事鳩巢先生弱冠遊學于京
師同留守友信等師事尚齋先生既遷仕龜田矣今
辭仕讀書于　城北驛白雪樓又稱默養唯知讀米
夫子薛文清及貴國退溪李氏之書知遵山崎先生
旬齋先生之遺訓而已聞藤河留三子既接諸公子
室津大坂及玆館以故僕之渴望亦既有日矣今以
蘭庵子之紹介得識荊何其幸耶僕不善文不巧詩

21

義武藏山宮維溪識

又識

維溪之門人小子數輩録此編、既畢書録須原常業
就上月公貽生譜之生連請不已維溪咲曰此編惟
返諸後昆之感焉耳非敢欲傳諸天下何用梓為問
人不可遂謀之于　　東武削劂剞既告成維溪
應姬路之徵未見其行于世而發路於藩薈蕆逐
將公諸同志豈我志子哉彼二三子也云　時寛延元
年戊辰秋八月

和韓筆談薰風編卷之上

延享戊辰年朝鮮國王李昑遣其通政大夫洪啓禧

通訓大夫南泰耆曹命采等來朝製述官朴敬行字子相号醉雪年五

別号軒書記李鳳煥字聖章号濟庵年三十九柳逅字

年三十九

十李命啓字子文号海庵年三十二

九李命啓皐年三十五

國瑞之紹介字一姓問比留氏

城東本願寺客舍柳子相有疾不會與朴李三子連

日相聚筆語成堆唱酬不少二門人遂寫之以為

三策永備他日之感時方盛夏故名以薰風無他意

李三子于江戸

等隨焉維溟囙對馬書記紀

邂逅於李三子

人右為沖官

騎卜舩沙二十四人 其他下官二百四十八負

通計四百八十人

右延享四年丁卯冬十一月癸朔朝鮮五年春二
月至對馬四月二十一日至浪華五月朔一日至
京師二十一日至 江戶六月朔謁
大將軍幕卜二十三日發 江戶

士

以上个名得善本而校寫附此編首以便竆郷之

東都書林文昌閣主人須原常業識

從事軍官司果李喜春

從事軍官咸陽府使李桂國

從事軍官宣傳官曹命傑　以上為上官

別破陳二人　馬上才二人　理馬二人　伴倘二人　騎船將三

人　上右為次　都訓導三人　卜船將三人　禮單

直三人　廳直三人　盤纏直二人　小通事十人　小童十六

人　三使奴子六人　一行奴子四十六人　吸唱

六人　使令八人　吹手十八人　刀尺六人　炮

手六人　纛奉持二人　節鉞奉持四人　旗手八

16

正使軍官即廳李鴻儒

正使軍官同知金壽凰

副使軍官即廳南行明

副使軍官司果尹世佐

副使軍官宣傳官田醫國

副使軍官宣傳官李摘

副使軍官宣傳官李邦一

副使軍官內乘李逸濟

副使軍官僉知林世載

殷育貞金德崙字子相號探玄年四十六

寫字官同知金天壽字君實號紫峯年四十

寫字官護軍玄文龜字孝叔號東巖年三十八

畫員主簿李聖麟字德厚號鶴齋年三十

正使軍官學士北官洪海

正使軍官同知白糧

正使軍官昌城府使趙東晋

正使軍官竹山府使金桂岳

正使軍官監索李伯齡

14

從事書記進士李命啓字子文號海皋年三十五

次上判事黃大中字正叔號蒼崖年三十四

次上判事副司猛玄大衡字穉久號長湖年三十一

押物判事判官黃璧成字大而號敬庵年五十四

押物判事僉正崔鶴齡字君聲號芳漵年三十九

押物判事上簿崔壽仁字大来號美谷年四十

押物判事判官崔嵩齋字如高號水庵年五十九

良醫趙崇壽字敬老號活庵年四十四

醫員趙德祚字聖哉號松齋年四十

上上官僉知朴尚淳字子淳號竹窓年四十九

上上官僉知玄德淵字季濬號踈窩年五十五

上上官洪聖龜字大年号壽巖年五十一

上判事僉正鄭道行字汝一號靜庵年五十五

上判事剳導李昌基字大卿號廣灘年五十三

上判事主簿金弘喆字聖叟號篠頃齋年三十四

製述官典籍朴敬行字仁則號矩軒年三十九

正使書記奉事李鳳煥字聖章號濟庵年三十九

副使書記奉事柳逅字子相號醉雪年五十九

延享戊辰朝鮮人來朝姓名字號畧

正使通政大夫吏曹參議知製教洪啓禧字純甫號

澹窩南陽人年四十六

副使通訓大夫行弘文館典翰知製教兼經筵侍讀

官春秋館編修官南泰耆字洛叟號竹裡宜寧人年

五十

從事通訓大夫弘文館校理知製教兼經筵侍讀官

春秋館記注官曹命采字疇卿蘭谷昌寧人年四十

九

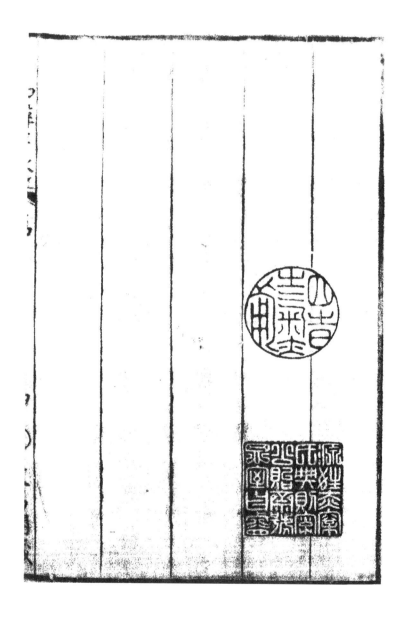

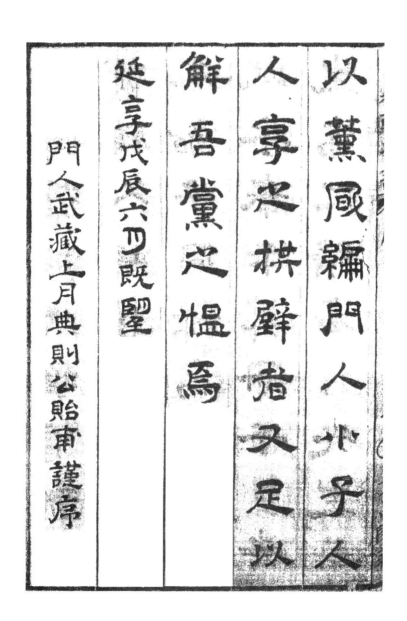

以薰咸編門人小子人
人享必拱辟者又足以
解吾黨之慍焉

延享戊辰六月既望

門人武藏上月典則公貽甫謹序

有卷筆話成堆唱酬滿

篋韓人歸蕃之後吾黨

之諸子同録為三冊於

此于奉示其冊于先

生冀之請名 先生名

得一隨先生而唱酬

於韓國之諸子親觀其

與先生以學相遇之

實先生與韓人晤語

九三次自朝至夕未嘗

於心猶其幸耶諸子竟

至於稱先生以道其

東亦足以識兩地雖異

而君子之心所未可嘗

不相合者矣典則亦當

度學術之話至詞藻嗚

酬父篇與一之不猶矣

嗚呼朴李諸子觀光於

上國與　先生相遇傾蓋

如舊學同志合莫以逑

倭韓筆談薰風編序

薰風編者我

坐與朝鮮必諧子以筆

古大通兩國之情狀子

坐間者也凡自典籍制

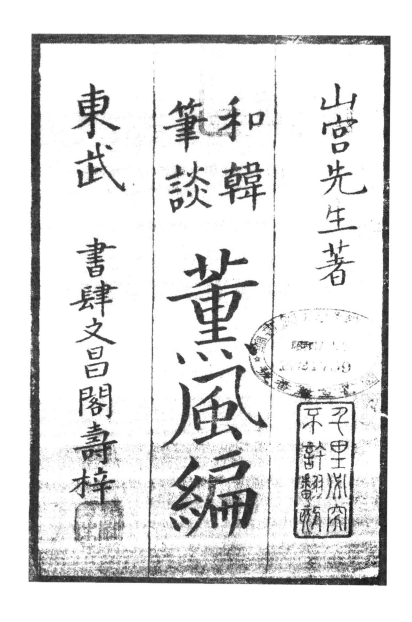

山宮先生著

和韓

筆談 薫風編

東武 書肆文昌閣壽梓

和韓筆談　薰風編

여기서부터 영인본을 인쇄한 부분입니다. 이 부분부터 보시기 바랍니다.

18세기 필담창화집의 양상과 교류 담당층의 변화

1. 緒論

1607년 회답겸쇄환사가 일본 에도막부에 파견되기 시작하면서 조선과 일본의 국교가 재개되어, 초기 3차례의 회답겸쇄환사를 포함해 총 12차의 조선 사신이 일본을 방문하였다. 이를 통해 조선은 일본과의 평화관계 유지를, 에도막부는 "御威光"의 提高를,[1] 쓰시마는 중개무역을 통한 경제적 이익을 얻을 수 있었다. 그런데 5백명에 달하는 대규모의 사행인원이 직접 일본인과 접촉함으로써 사행은 정치외교적인 면 외에 민간교류적인 성격을 띠게 되었다. 양국 관계가 안정기에 접어듦에 따라 학술과 문화, 문학 교류를 위해 활동할 수 있는 사행원을 일본이 요청하고 이에 조선이 응답함으로써 이러한 교류는 더욱 활발해졌다. 이러한 교류의 결과물로써 조선과 일본, 양국인의 필담과 창화를 기록한 필담창화집이 200종 가량 현전하고 있다.

필담창화는 한문 능력을 갖춘 사람들 사이에 이루어졌기 때문에, 필담창화집의 작자층은 문사, 즉 당시의 지식인층이 될 수밖에 없었

---

1 ロナルド・トビ, 『鎖國という外交』, 小學館, 2008.

다. 또 문자 표현이라는 점에서 문학 활동도 수반될 수밖에 없는 것이었다. 따라서 과거시험을 통해 관리를 뽑는 조선과 한문으로 시를 짓거나 경서를 공부하는 일이 승려의 교양으로써 행해졌던 일본은 한문학적 성숙도를 비교할 수 없는 것이었다. 따라서 일본이 한문학의 맹아기에 있었던 초기에는 필담창화를 통한 교류가 많지 않았다.

양국 교류가 시작된 17세기를 살펴보면 필담창화를 통한 교류에 두 가지 획기적인 사건을 찾을 수 있다. 첫째가 제4차 사행에서 이문학관을 담당한 권칙(權伩, 1599~1667)의 출현이다. 그는 시적 재능이 뛰어난 인물이었기 때문에 일본 문인들 사이에 詩學敎官, 詩學敎授 등의 호칭으로 불리기도 하였다. 그는 일본의 京學派 문사들과 만나 필담창화를 나누었는데, 石川丈山(1583~1672), 和田靜觀窩(1607~?)의 경우처럼 필담창화의 기록이 독자적인 필담창화집으로 엮여 후에 출간되기도 하였다. 즉, 일본에서 林羅山(1583~1657)의 문인들을 중심으로 한문학 담당층이 생겨나기 시작했고 이때 권칙이 이문학관으로 참여함으로써 필담창화집이 비교적 이른 시기 출현할 수 있게 되었다고 할 수 있다. 이 시기의 필담창화집은 후대 필담창화의 원형이라 할 수 있다.

둘째는 7차 제술관 직임의 설치이다. 日光山致祭가 폐지로 인해 더 이상 독축관의 직임이 필요 없어졌음에도 불구하고 글 짓는 일을 전적으로 담당하는 제술관의 직임이 등장한 것은 일본의 상황 때문이라고 볼 수 있다.『本朝通鑑』등과 같은 편찬 사업을 통해 일본에도 일정한 한문학 담당층이 형성되었고, 侍講이라는 명칭으로 각 藩에서 벼슬을 하는 문사들도 생겨났다. 이들이 한문학 능력을 검증할 수 있는 가장 좋은 기회는 통신사행에 따라오는 조선 문사와의 필담창화였다. 필담창화가 주로 沿路의 藩 소속 문사들이 접대하는 과정에서 이루어졌던 것은 이러한 일본 쪽 사정을 반영하는 것으로, 이들을 전대할 제술관의 파견은 조선 역시 적극적으로 일본의 기대에 부응했음을 의미한다. 이에 따라 1682년 거질의 필담창화집이 출현하였고, 종류도 비약적으로 늘어나게 되었다.

이상과 같은 초기 단계를 거쳐 18세기에 들어서면 양국 문인의 필담창화는 더욱더 활발해졌다. 이 시기에 서기가 한 명 더 보충되어 제술관과 세 명의 서기가 일본문사를 상대하였는데, 현전하는 필담창화집의 80% 가량이 18세기에 이루어진 것들이다. 필담창화집의 양을 보면 회를 거듭할수록 늘어나 1763년에 최고조에 이르게 된다.

필담창화집의 목록은 최근 많은 정리가 이루어졌다. 李元植은 이전 연구를 보충하여 좀 더 정리된 목록을 소개하였다.[2] 가장 최근에 이루어진 高橋昌彦의 목록은 앞선 연구에 비해 이본과 서지사항이 명확하게 갖추어져 있다.[3] 이상의 기존 연구를 보면, 목록의 소개는 이미 충분히 이루어져 앞으로의 연구 토대로 활용되기에 충분하다. 현시점에서는 이미 파악된 자료를 어떻게 분석할 것인가가 과제라고 할 수 있다.

18세기에는 총 4차례의 통신사가 파견되었다. 將軍襲職이 통신사 파견의 목적이었기 때문에 장군 즉위 후 2, 3년 내에 이루어졌다. 재위기간이 4년에 불과했던 7대 장군 家繼 때를 제외하고, 1711년, 1719년,

2 이원식, 『朝鮮通信使の硏究』, 思文閣出版, 2006.
3 高橋昌彦, 「朝鮮通信使唱和集目錄稿(一)」, 『福岡大學硏究部論集』 A : 人文科學編 Vol.6 No.8, 福岡大學硏究推進部, 2007; 「朝鮮通信使唱和集目錄稿(二)」, 『福岡大學硏究部論集』A : 人文科學編 Vol.9 No.1, 福岡大學硏究推進部, 2009.

1748년, 1763년에 사행이 있었다. 본 연구에서는 우선 수집, 정리된 자료를 대상으로 각 시기별로 주요 자료를 선별하는 과정을 진행하려고 한다. 200종 가까운 자료 중에는 간본과 사본의 이본, 혹은 다르게 편집된 이본 등 중복된 자료가 보인다. 또 필담창화집으로 보기에 미비하거나, 낱장으로 이루어져 있어 교류의 흔적으로 보기 어려운 것도 있다. 이러한 사정을 감안하여 시기별로 자료의 현황을 살펴보도록 하겠다. 다음으로, 이 필담창화집의 선본을 바탕으로 하여 필담창화에 참여한 조선 문인과 일본 문인을 조사 정리하려 한다. 이를 통해 교류 담당층의 윤곽을 확실히 할 수 있을 것이다. 이상의 기초 정리 작업을 바탕으로 양국 문인들이 시기별로 교류의 방식과 내용이 어떻게 변해갔는지 변천의 양상을 고찰하기로 한다.

2. 1711년 辛卯/正德通信使 시기의 필담창화

(1) 1711년 시기의 필담창화집

17세기와 비교해 1711년 필담창화집 자료의 뚜렷한 특징은 거질의 刊本이 여러 종 출판되었다는 점이다. 바로 이전 통신사 사행이 있었던 1682년의 간본은 『朝鮮人筆談并贈答詩』와 『和韓唱酬集』의 2종뿐이고, 그나마 거질로 볼 수 있는 『和韓唱酬集』는 5권 7책에 불과하다. 이에 비해 1711년은 10종의 간본이 발견된다.

가장 거질의 필담창화집은 『鷄林唱和集』이다. 총 15권 8책으로 이루어져 있고, 지역별로 구성되어 있다. 통신사 여정의 전 지역에 걸쳐

서 만난 일본 문사의 필담과 창화가 망라되어 있는데, 일본 문사의 수
는 115인에 달한다. 刊記에 따르면 1712년 5월 出雲寺 和泉橡, 瀬尾源
兵衛, 唐本屋 清兵衛가 合刻하였다. 이들 중 瀬尾源兵衛는 瀬尾用拙
齋를 가리키는데, 교토에서 실제로 통신사 일행을 만나 필담창화를
한 인물이기도 하다. 교토의 書肆를 중심으로 전국의 필담창화를 모
아 간행했던 것으로 보인다.

『七家唱和集』은 幕府의 儒臣 7명의 필담창화를 모아놓은 것이다. 작
가별로『班荊集』,『正德和韓集』,『支機閒譚』,『朝鮮客館詩文稿』,『桑韓
唱酬集』,『桑韓唱和集』,『賓館縞紵集』 등의 개별적인 제목이 달려 있고
총 10권 10책으로 이루어져 있다.『鷄林唱和集』과 같은 곳에서 간행되었
으며,『鷄林唱和集』에 이들의 시는 보이지 않는다. 어떤 이본에는『續鷄
林唱和集』으로 명명되어 있기도 하다. 이상을 종합해 보면『七家唱和集』
은『鷄林唱和集』과 같이 기획된 서적으로 추정할 수 있다.

『兩東唱和錄』은『鷄林唱和集』에 비할 정도의 양은 아니지만 비슷
한 방식으로 만들어진 필담창화집이다. 2권 2책으로 이루어진 이 책
에 등장하는 일본문인은 총 43인이다. 같은 출판인에 의해 출간된『兩
東唱和後錄』과『兩東唱和續錄』은 각기 1712년 3월, 9월에 간행되었
다. 後錄에는 村上溪南 부자와 良醫 奇斗文이 나눈 의술 관련 필담과
통신사 사행단의 명단이 실려 있다. 續錄에는 牛窓에서 만난 일본 문
인의 기록이다.

그런데『兩東唱和錄』의 표지에 "1. 이 책은 얻는 대로 엮어서 기록
하였기 때문에 차례가 없다. 1. 창수한 것 외에 따로 조선 손님의 시를
기록한 것은 項斯를 말하는 뜻이다.(一 此集隨獲而編錄之 故不爲序次 一

唱酬之外 別錄韓客等之詩 是說項斯之意也)"라고 기록되어 있다. 이상의 정황을 보면, 別錄이 실려 있는 『兩東唱和後錄』은 『兩東唱和錄』과 함께 기획되어 시가 입수되는 대로 연이어 출간된 것이며, 續錄은 시간의 차이를 두고 補遺의 의미에서 간행되었다고 추정할 수 있다. 현재이본이 한국 국립중앙도서관과 일본 국회도서관을 비롯해 여러 곳에남아있으나, 속록은 전체를 아우른 4책짜리 『新刊兩東唱和錄』에 포함된 형태만 발견된다.

　『兩東唱和錄』의 특징은 大阪에서 이루어진 필담창화만을 엮어놓았다는 점이다. 또 『鷄林唱和集』과 중복되는 일본 문인이 3인 발견되기는 하지만, 창수 시와 필담이 완벽히 일치하지 않는다. 편집할 때 다른底本이 쓰인 것으로 보인다. 『鷄林唱和集』과 『兩東唱和錄』은 비슷한시기 필담창화 기록을 각기 수집해 출간되면서, 『兩東唱和錄』 쪽이오사카 중심으로 엮어지게 된 반면 『鷄林唱和集』은 전국의 필담창화를 망라했으나 오사카 필담창화가 덜 수집되는 결과를 낳았던 것으로추정할 수 있다.

　『鷄林唱和集』 계열과 『兩東唱和錄』 계열이 필담창화 전체를 망라하려는 의도에 의해 기획, 출간되었던 것에 비해, 그 밖의 간본 필담창화집은 선별되어 편집되었다.

　『問槎二種』은 이름에서도 보이듯 『問槎畸賞』 3책과 『廣陵問槎錄』 2책의 2종이 함께 묶여 있다. 『問槎畸賞』은 山縣周南 등 4인의 필담창화가 엮여있는데, 지역과 상관없이 荻生徂徠의 제자를 중심으로 선별된 것이다. 『廣陵問槎錄』은 廣島藩의 儒臣인 味木立軒과 寺田臨川의 필담창화를 묶어놓은 것으로, 荻生徂徠의 서문이 들어 있다. 荻生

徂徠는 이들의 시를 제자 山縣周南과 安藤東野에 비견하면서 극찬하고 있다. 이 2종의 필담창화집은 荻生徂徠라는 연결고리를 가지고 함께 묶였음을 확인할 수 있다.

『槎客通筒集』은 別宗 祖緣의 필담창화 기록만을 묶어 놓은 것이다. 『鷄林唱和集』과 『兩東唱和錄』에도 祖緣의 창화기록이 실려 있으나, 『槎客通筒集』에 실려 있는 것의 일부에 지나지 않는다.

『桑韓醫談』은 北尾春圃과 양의 奇斗文이 나눈 의술 관련 필담만을 엮어놓은 것이다. 『鷄林唱和集』에 北尾春圃이 제술관 李礥 등과 나눈 창화시가 실려 있기는 하나 『桑韓醫談』에는 실려 있지 않다. 부록에는 이듬해 北尾春圃의 세 아들이 기두문의 필담 중 난해한 곳을 아버지에게 질문하는 내용이 실려 있다. 이 책은 철저히 의술관련 내용만을 선별해 넣었다고 할 수 있다.

이상의 간본은 1711년 통신사 사행이 있은 후 2년 내 간행된 것들이다. 그런데 『坐間筆語附江關筆談』은 훨씬 후대에 간행된 것으로 보인다. 정확한 刊記가 없으나 鈴木公溫의 서문이 1789년 쓰인 것으로 기록되어 있다. 新井白石과 동시대 사람인 室鳩巢의 서문도 있는 것을 보면 『坐間筆語附江關筆談』도 다른 간본과 마찬가지로 당시 출간되었을 가능성이 있으나 아직 발견된 이본은 없다.

『日光山八景詩集』은 公辨法親王 玄堂이 1711년 日光山 致祭 때 16인의 일본인과 함께 日光山의 풍경을 읊은 시를 모아놓은 것이다. 이 중에 통신사 사신 3인과 제술관 李礥의 시가 함께 엮여 있다. 정사 趙泰億의 시는 그의 문집 『謙齋集』에도 실려 있는데, 別宗 祖緣을 위해 지었다고 주석이 달려 있다. 『槎客通筒集』에는 이들의 시가 보이지 않지만 李礥

이 헤어질 무렵 "팔경시를 이미 보내온 화폭에 써놓았으나 소동이 물을 엎질러서 젖었습니다. 글자의 획이 문드러지고 흐릿해 볼 수가 없습니다. 그래서 다른 종이를 구해서 써서 드립니다. 죄송합니다.(八景詩曾已寫之所送畫幅 而小童覆水浸淹 字劃漫漶不堪見 故求他紙書呈 罪嘆罪嘆)"라는 구절이 나온다. 여기에 나오는 '八景詩'가 '日光山八景詩'이다. 아마도 玄堂 일행이 祖緣을 통해 시를 받은 것으로 보이는데, 이 시가『日光山八景詩集』에 편집되어 들어간 것이다. 이렇게 다른 책에 창화시가 편집되어 들어간 경우도 필담창화집으로 보아야 할 지 좀 더 검토가 필요하다고 보인다.

시를 구하여 조태억 일행이 차운해 보낸 것으로 보인다.

1711년 필담창화집의 간본은 네 종류로 분류할 수 있다.[4]

① 전체를 망라한 것 :『鷄林唱和集』·『七家唱和集』,『兩東唱和錄』·『兩東唱和後錄』·『兩東唱和續錄』
② 특정한 그룹의 필담창화를 선별해 묶은 것 :『問槎二種』
③ 특정인의 필담창화를 망라한 것 :『槎客通筒集』,『坐間筆語附江關筆談』
④ 특정 주제만을 편집한 것 :『桑韓醫談』

1711년 필담창화집 사본은 총 14종이 소개되어 있다. 이 가운데 가장 거질은 13권 8책으로 이루어져 있는『縞紵風雅集』인데, 현존하는 본이 완질은 아니다. 본래는 14권 6책에 조선 문사의 시와 일본문사와

---

4 『日光山八景詩集』과 같이 차화운시가 다른 책에 편집되어 들어가 있는 형태가 있기는 하지만, 이는 2차적 저작물로 간주하여 필담창화집 목록에서는 제외하였다.

나눈 필담을 지역별로 망라하고 자신의 필담창화 기록까지 포함시켜 엮고, 4권 2책의 附集에 일본 문사의 시만을 모아놓은 총 20권 8책이 었던 것으로 추정된다. 이것이 가능했던 이유는 편집한 인물이 對馬의 記室이었던 雨森芳洲였기 때문이다. 그는 통신사 일행을 쓰시마에서 맞이하여 에도까지 왕복하였는데, 여정을 따라 있었던 일본문사와의 필담창화를 중개하는 일은 쓰시마 기실의 주요한 업무였다. 여기에 실린 창화시의 양은 『鷄林唱和集』과 맞먹을 정도이고, 자신의 필담창화 기록 뿐 아니라 조선 문사가 자발적으로 지은 시까지 실려 있어 내용이 풍부하다. 게다가 아메노모리 호슈가 직접 보고 기록한 것이라서 다른 이의 기록을 수집해 간행한 『鷄林唱和集』보다 인명이나 지명이 훨씬 정확하다.

『辛卯韓客贈答』과 『韓客贈答別集』은 大學頭 林鳳岡과 그의 문인들 및 幕府의 儒臣들이 에도에서 통신사 일행들과 만나 나눈 필담창화 기록을 모아놓은 것이다. 여기에 실린 내용은 『鷄林唱和集』·『七家唱和集』, 『縞紵風雅集』과 겹친다. 『辛卯唱酬詩』는 에도에서 만난 岡林竹, 岡秀竹, 荒瀬吟竹, 小川隨竹의 필담창화 기록을 모아 놓은 것이다. 이 역시 『鷄林唱和集』에도 기재되어 있다. 藍島에서 만난 福岡藩 유신 神屋立軒과 竹田春庵의 기록인 『藍島倭韓筆語唱和』, 岩國藩 유신 宇都宮圭齋의 『韓使唱酬錄』, 岡山藩 유신 松井河樂·小原大丈軒·山田樂樂子의 『牛窓詩藻』와 松井河樂의 『牛轉唱和詩』, 加賀藩 문사 伊藤莘野의 『正德和韓唱酬錄』, 萩藩 문사 小倉尚齋의 『韓客酬唱錄』, 山縣周南의 『山縣周南與朝鮮信使唱酬筆語』, 相國寺 승려 祖緣의 『韓客詞章』, 淸見寺 승려 芝岸의 『朝鮮聘使唱和集』도 『鷄林唱

和集』이나 『縞紵風雅集』에 보인다. 간본 중에 내용이 실려 있지 않은 것은 尾張藩 문사들의 기록인 『辛卯韓人來聘尾陽倡和錄』인데, 이들 중 野中坦軒의 기록은 『鷄林唱和集』에 보인다. 간본과 사본의 기록이 중복되는 까닭은 사본 자체가 본래 자필이거나 자필을 바탕으로 정리한 것으로 간본의 저본이 되기 때문이다.

『縞紵風雅集』을 제외한 사본들은 특정 그룹이나 개인의 필담창화 기록을 모아놓은 것이다. 특정 그룹은 주로 한 자리에서 필담창화를 나눈 인물들로, 연로에서 접대를 위해 나온 藩의 문사들이 주류를 이룬다. 小倉尚齋와 山縣周南처럼 같은 萩藩의 소속이라도 에도와 赤間關처럼 장소가 다르면 필담창화집이 따로 존재하는 경향을 보인다.

『鷄林唱和集』이 지역에서 이루어진 필담창화를 거의 망라하고는 있으나 『縞紵風雅集』과 『辛卯韓人來聘尾陽倡和錄』에서 보듯 누락되거나 오기된 부분이 존재한다. 필요에 따라서는 개별적인 필담창화집의 사본도 함께 참조해야 할 필요가 있다. 반면 『七家唱和集』과 특정 그룹, 특정 개인의 필담창화집 간본은 교정을 거쳐 출판된 것이라 사본보다 정확하기 때문에 간본을 텍스트로 활용하는 것이 좋을 것이다.

(2) 1711년 필담창화의 양상

현전하는 필담창화집에 등장하는 일본문사는 250여 명에 달한다. 이들의 계층을 분석하면 1711년 필담창화의 양상을 다음과 같이 정리할 수 있다.

첫째, 이들 중 대부분은 막부나 藩에 소속되어 官儒이라고 불리는 사람들이었다.

1711년 10월 27일 林鳳岡 일행은 당시 통신사가 머물고 있던 淺草의 東本願寺를 찾았다. 『韓客贈答別集』에는 林鳳岡과 經筵講官의 직책을 띤 두 아들 林榴岡·林碻軒이 문하 官儒 13인과 門下生 7인을 이끌고 갔다고 되어 있다. 막부에 속한 유신과 林家 제자까지 총 23인이 통신사 일행을 만나 필담과 창화를 나누었던 것이다. 10월 28일에는 『七家唱和集』에 보이는 木下菊潭을 포함한 7명의 문사와 그의 아들 혹은 제자들이 함께 客館을 찾았다. 그 외 상당수의 林家의 문하생들이 에도에서 객관을 찾아 조선 문사와 만났다. 중국어 실력이 뛰어났던 岡島冠山이나 글씨가 뛰어났던 岡林竹도 문하생들이었다. 萩藩의 小倉尙齋, 雄本藩의 雄谷竹堂, 水戶藩의 依田誠盧 등藩에 속한 유신인 동시에 林家의 문하생인 경우도 많이 발견된다.

이렇게 에도에서 1682년에 비해 필담창화가 가능한 인물이 비약적으로 증가한 배경에는 湯島聖堂이 있었다. 막부 최초의 儒臣인 林羅山(1583~1657)은 한문으로 된 외교문서를 담당하였기 때문에 초기 통신사 사행원들과 접촉이 많았다. 그의 직임은 자손에게 세습되었고, 私塾을 통해 제자를 길러냈다. 1690년 막부는 湯島의 땅을 하사하여 林家의 공자 사당인 先聖殿을 옮기고 大成殿으로 개칭하였다. 이는 공자묘의 제향이 막부 차원에서 행해지는 것을 의미하였다. 이곳에 함께 옮겨진 林家의 私塾도 명실 공히 國學의 역할을 담당하게 되던 것이다. 林家 3代 林鳳岡은 大學頭라는 칭호로 불리게 되었고, 국가적인 釋奠도 주관하였다. 1711년 통신사 사행원들도 그를 '林太學頭', '林祭酒'라고 부르고 있는데, 羅山을 '僧道春'으로 지칭하던 것과 현격한 차이가 난다고 할 수 있다.

막부에서 유학자를 임용하고 湯島聖堂의 교육이 활성화되면서, 에도가 일본 유학의 중심지로 떠오르게 되었다고 볼 수 있다. 『七家唱和集』에 등장하는 인물들을 살펴보면, 木下順庵의 아들인 木下菊潭, 木下順庵의 제자인 三宅觀瀾, 室鳩巢, 服部寬齋, 祇園南海, 新井白石의 제자인 土肥霞洲와 나가사키 출신의 귀화 중국인 深見玄岱이다. 이들은 모두 다른 지역 출신이었지만 막부의 儒臣으로 기용된 인물들이었다. 또한 湯島聖堂의 林家에서 공부한 인물들이 藩에 侍講 등의 직임으로 기용되기도 하였고 藩 출신의 문사가 林家에서 수학하기도 하였다.

연로에서도 대부분 藩에 속한 儒臣들과의 수창이 이루어졌다. 이들은 주군의 명을 받들고 접대를 하러 나왔다고 스스로를 소개한다. 예를 들어, 藍島에서는 竹田春庵을 비롯한 福岡藩의 유관들과, 赤間關에서는 山縣周南을 비롯한 萩藩의 유관들과, 浦刈에서는 未木立軒을 비롯한 廣島藩의 유관들과 수창이 있었다. 해로 뿐 아니라 육로에서도 이러한 현상은 마찬가지이다. 이때 번에 소속된 醫官들도 함께 하기도 하였는데, 이들은 의원인 동시에 유학자이기도 했다.

둘째, 유관 외에 승려 계층이 많이 발견된다. 승려들이 전통적인 한문의 담당층이었고 통신사의 숙소로 사찰이 많이 사용되었기 때문이라고 볼 수 있다. 따라서 연로의 유관들처럼 오랜 시간 접대를 하는 경우는 발견되지 않는다. 다만 1711년에 창수시가 많았던 승려로 祖緣과 雲壑이 있는데, 이들은 以酊庵輪番制에 따라 파견된 교토 五山의 승려로 에도까지 사행과 함께 했던 승려들이다.

세째, 神宮의 神官이나 藩의 武官 등의 직함을 띤 인물들도 보이지만 많은 수는 아니다. 이러한 계층에 필담창화가 가능한 인물들은 많지 않았으리라 추정할 수 있다.

넷째, 藩에는 소속되지 않은 민간 유학자들의 기록도 많이 보이지 않는다. 이는 『問槎二種』에 보이는 山縣周南과 安藤東野의 기록을 통해 그 이유를 추정할 수 있다. 두 사람은 모두 荻生徂徠가 높게 평가하던 제자이다. 그러나 萩藩의 유관이었던 山縣周南은 赤間關에서 오가는 사행을 2차례 접대하며 필담을 길게 나누었던 것에 비해, 蘐園의 安藤東野는 雨森芳洲를 통해 편지와 시를 전하고 화답을 받은 기록만 있을 뿐이다. 즉, 막부나 藩에 소속되어 있었던 것이 아니라면 만나기가 쉽지 않았던 것으로 보인다.

다섯째, 일반 의원의 전문 의학 필담집이 등장하였다. 北尾春圃의 『桑韓醫談』은 이전에 보이지 않던 필담집 형식이다. 창수시는 전혀 없고 양의 奇斗文과의 필담만이 기재되어있는데, 春圃가 배우는 자세를 취하고 있다. 문사들의 필담창화집과는 달리 의학면에서는 조선에서 일본으로의 일방적인 전수가 이루어졌다는 사실과 함께 의원 간의 만남은 제약이 많지 않았던 점을 알 수 있다.

3. 1719년 己亥/享保通信使 시기의 필담창화

(1) 1719년 시기의 필담창화집

1719년 필담창화집 자료는 간본이 다양한 대신 『鷄林唱和集』과 같은 거질의 간본을 찾아보기 어렵다. 간본 필담창화집은 총 11종이 남아있다.

가장 거질이라고 할 수 있는 것은 11권 11책에 달하는 『桑韓唱和塤篪集』이다. 이 책을 편집하고 출간한 사람은 瀨尾用拙齋이다. 그의 本屋인 奎文館은 1711년 『鷄林唱和集』 및 『七家唱和集』의 간행에 참여했던 세 군데 중 하나이다. 1711년과 마찬가지로 지역별로 편집되어 있으나 훨씬 정련되어 있어 출신 지역을 표기하고 중요한 필담은 부록으로 따로 편집하였다. 그러나 여기에 기재된 문인은 44인에 불과하고, 에도 국학의 문사들은 전혀 나오지 않는다. 瀨尾用拙齋가 수집했던 양이 전에 비해 상당히 줄었음을 알 수 있다.

이와 비슷한 형식으로 만들어진 것이 『桑韓唱酬集』이다. 牛窓, 兵庫, 大坂에서 이루어진 필담창화를 모아놓은 것인데, 本屋에서 능력이 미치는 대로 수집하여 간행된 것이다. 이 책은 3권 3책으로 이루어졌고 등장하는 문사는 11인이다. 참고로 1책의 간본으로 된 『桑韓唱酬集追加』는 『桑韓唱酬集』에 실리지 않은 松井良直의 시를 모아놓은 것인데, 이는 조선문사의 화운시를 받지 못한 것이라 필담창화집으로 보기는 어렵다.

나머지 간본 8종은 특정 그룹, 혹은 특정인의 필담창화만을 모아 엮은 것이다. 『兩關唱和集』은 萩藩 유신 6명의 필담창화 기록이고, 『和韓唱和集』은 鳥山芝軒의 문인 8인의 필담창화 기록이다. 『桑韓星槎答響』과 『桑韓星槎餘響』은 통신사행과 여정을 함께 했던 以酊庵 長老 月心의 필담창화이다. 竹田定直의 『藍島鼓吹』, 木下蘭皐의 『客館璀粲集』, 朝比奈玄洲의 『蓬島遺珠』, 唐金梅所의 『梅所詩稿』가 있다.

이상 1719년 간본의 양상 변화를 보면, 1711년 간본의 다섯 가지 형태 중 ①의 내용이 빈약해진 반면 ②와 ③의 형태가 비약적으로 늘었다. 그런데『梅所詩稿』과 같은 새로운 양식의 필담창화집의 출현이 눈에 띈다. 보통 양국 문사가 주고받은 필담과 시가 순서대로 편집되는 것이 일반적인 필담창화집의 형태지만,『梅所詩稿』는 저자 唐金梅所의 시만이 편집되어 있고 조선인의 시문은 부록으로 처리되어 있다.

사본 필담창화집은 총 14종이 전한다.『三林韓客唱和集』은 大學頭 林鳳岡과 두 아들의 필담창화, 2권 2책의『朝鮮對詩集』은 이들을 포한한 林家 문인 30인의 필담창화가 실려 있다.『朝鮮對話集』長澤不怨齋, 長澤不尤所 형제의,『信陽山人韓館倡和稿』는 太宰春臺의,『藍島唱和集』은 櫛田琴山의 필담창화집이다. 이상 5종은 간본에 실려 있지 않다.

『航海獻酬錄』·『航海唱酬竝筆語』·『航海唱酬』·『客館唱和附筆語』, 『韓客筆語』,『享保四年韓客唱和』,『韓客酬唱錄』,『德濟先生詩集附韓客贈答詩文集』의 내용은 간본『桑韓唱和壎篪集』,『兩關唱和集』,『和韓唱和集』에 실려 있는 것이다.

이상의 사본에서 보듯, 사본의 형태는 1711년과 비슷한 양상을 보이지만 1711년 사본이 대부분 간본에 속해 있던 것과 달리 사본만 존재하는 경우가 발견된다. 이는 일본 문사 전체를 망라하는 거질의 필담창화집이 없기 때문이다.

大學頭를 비롯한 林家의 필담창화집은 1711년 엮인『辛卯韓客贈答』과『韓客贈答別集』과 같은 형식이다. 이들의 필담창화는 거의 동시에 같은 조선문사들과 이루어졌기 때문에 함께 정리되어 보존된 것으로 보인다. 그 외 간본이 없는 필담창화집은 그대로 간행해도 될 정도로 정리가 되어 있다.

나머지 간본에 들어가 있는 필담창화집은 두 가지로 나눌 수 있다. 1711년과 마찬가지로 대부분 필담을 나눌 당시의 원본이거나 원본을 정리한 형태가 있다. 또 하나는『航海獻酬錄』등과 같이 정본을 다시 필사한 것이다. 水足安置의 필담은 여러 가지 형태의 이본이 존재하고 간본에도 실려 있는 내용이다. 그중『航海獻酬錄』은 간본을 베낀 것으로 보인다. 이 시기 개인의 필담이 간본 외에도 여러 가지 형태로 재필사되기 시작했음을 보여주는데, 그만큼 필담창화집에 대한 대중의 욕구가 커졌다고 생각할 수 있다.

또한 간본『梅所詩稿』와 마찬가지로 사본의 경우에도『德濟先生詩集附韓客贈答詩文集』처럼 조선문사와의 창화시가 주를 이루기는 하지만 개인의 시집이라는 데 주안점을 두고 편집된 필담창화집이 출현했다.

이상에서 보듯 1719년의 필담창화집은 교정을 거친 간본이 주류를 이루고 있다. 따라서 간본을 텍스트로 삼고, 간본이 없는 문사의 필담은 사본을 이용하는 것이 좋을 것이다.

(2) 1719년 필담창화의 양상

1719년 필담창화집에 등장하는 일본 문인은 100여명이다. 1711년이 250명 가량이었던 것에 비해 상당히 줄었다. 그러나 1711년은 전 여정을 함께했던 雨森芳洲의『縞紵風雅集』이 있었기 때문에 전모가 파악되어 250명에 달하는 일본문사를 파악할 수 있었다. 반면 1719년은 전체를 망라한 필담창화집이 없기 때문에 전체 규모를 파악할 수 없다.

그러나 필담창화의 양상을 보면 1711년과 비슷한 규모거나 더 많은 숫자의 일본 문인이 조선문사를 만났을 것으로 보인다. 1719년 필담의 양상은 다음과 같은 특징을 보인다.

첫째, 막부의 유신과 藩 소속의 儒官들의 필담창화가 정례화된 양상을 보인다. 통신사 일행은 에도에 도착해 林家의 문인 30명과 접견하여 필담창화를 나누었다. 1711년 23인보다 숫자가 좀 더 늘었는데 이중 반 수 가량은 8년 전과 같은 인물이고 나머지는 새로운 젊은 문하생들이다. 萩藩과 岡山藩 등에서도 1711년 등장했던 유관들이 새로운 인물들이 함께 접대하는 모습을 발견할 수 있다. 이렇듯 막부 및 藩儒들이 주군의 명을 받들어 통신사 접대에 참여해 필담창화를 나누었고, 1711년의 유관들이 새로운 유관들과 함께 접견하며 소개를 하는 모습을 보여준다. 이에 따라 1711년과 비슷한 규모의 유관 및 의관 창화가 이루어졌을 것으로 짐작된다.

둘째, 일반 문사까지 필담창화가 확대된 양상을 보인다. 『和韓唱和集』은 오사카에서 함께 조선문사를 만났던 8인의 필담창화 기록이다. 이들은 유학에서 독립한 전문 漢詩人의 효시로 꼽히는 鳥山芝軒의 문인들이다. 이 8명 중 入江若水는 1711년에도 필담창화 기록이 보이는데, 한두 수의 창화시에 불과하다. 그러나 1719년에는 스승인 芝軒의 시집을 전달해 평을 받고, 자신의 시집 서문도 받았다. 『梅所詩稿』의 唐金梅所도 1711년에 이어 1719년에도 조선문사들을 만나 창화시를 주고받는데, 1719년에는 시집을 엮을 정도의 창화시가 오간 사실을 알 수 있다. 入江若水나 唐金梅所는 오사카의 상인으로 한시를 교양으로 갖추었을 뿐 藩에 소속되어 있지 않았다. 1711년 荻生徂徠의 제

자 安藤東野가 雨森芳洲를 통해 화운시와 스승 徂徠의 편지를 전할
수 있었던 사정에 비하면 필담창화의 폭이 일반문사까지 많이 확대되
었음을 알 수 있다.

셋째, 10대 초반의 동자가 많이 발견된다. 入江若水가 데리고 온 東
鳳國子나 아버지 水足屛山을 따라온 水足博川의 예에서 보이듯, 제
술관 등을 만나 글씨와 시를 보이고 화운시와 서문을 받았는데, 조선
문사로부터 더 특별한 관심을 받았던 것으로 보인다. 이는 자연스럽
게 세대교체를 할 정도로 일본 한문학의 담당층이 두터워졌음을 의미
한다.

1719년 통신사행은 이전 사행으로부터 8년밖에 지나지 않은 시점에
서 이루어졌다. 1711년 新井白石이 준비했던 "七家唱和"와 같은 기획
된 필담창화 자리는 보이지 않는다. 그러나 1711년에 시행되었던 필
담창화 방식이 막부와 藩에서 그대로 계승되면서 일본 문사의 범위는
훨씬 확대되고 세대교체가 이루어지는 모습을 보여주는 등 양적 질적
으로 향상된 것으로 평가할 수 있다.

4. 1748년 戊辰/延享通信使 시기의 필담창화

(1) 1748년 시기의 필담창화집

1748년 필담창화집 자료는 수적으로나 양적으로 이전에 비해 거의
두 배 가량 늘어났다. 현재 간본은 16종, 사본은 24종 발견된다.

우선 간본을 분류하면 다음과 같다.

① 전체를 망라한 것:『善隣風雅』·『善隣風雅後篇』,『和韓唱和錄』·『和韓唱和附錄』.

② 특정한 그룹의 필담창화를 선별해 묶은 것:『林家韓客贈答』,『長門戊辰問槎』,『韓館唱和編』,『槎餘』.

③ 특정인의 필담창화를 망라한 것:『和韓筆談薫風編』,『龍門先生鴻臚傾蓋集』,『韓槎壎篪集』,『橘先生仙槎筆談』,『班荊閒譚』,『和韓文會』,『桑韓鏘鏗錄』.

④ 특정 주제만을 편집한 것:『對麗筆語』,『桑韓醫問答』,『韓客治驗』.

①의『善隣風雅』2권2책의 에는 통신사를 호행했던 승려 翠巖, 江戶의 林信充 부자, 오사카에서 창수한 문인들의 필담창화가 실려 있고, 역시 2권 2책의『善隣風雅後篇』에는 名古屋과 今須 등 연로에서 만났던 문인들의 필담창화가 실려 있다.『和韓唱和錄』은 주로 오사카 지역에서 이루어진 필담창화가,『和韓唱和附錄』은 그 외 근처 지역의 필담창화가 엮여져 있다. 그런데『善隣風雅』의 발행처는 奎文館으로 1711년『鷄林唱和集』·『七家唱和集』, 1719년『桑韓唱和壎篪集』을 펴냈던 곳이다. 또한『和韓唱和錄』·『和韓唱和附錄』은 1711년『兩東唱和錄』·『兩東唱和後錄』·『兩東唱和續錄』과 동일한 인물이 편집한 것이다. 등장하는 문인이 적어졌지만, 동일한 本屋에서 거질의 필담창화집을 펴내려는 노력이 계속되고 있음을 알 수 있다.

②의『長門戊辰問槎』는 萩藩의 儒官들의 필담창화이다. 이곳 유관들의 필담창화집은 1719년에도 간행되었다. 세대가 교체되면서도 활발한 필담창화가 이루어짐을 알 수 있다.『林家韓客贈答』은 大學頭 林信充 부자와 이들의 수행원이 나눈 필담창화의 간본이다. 이전까지 사본

밖에 보이지 않았는데, 이 시기에 간본이 처음 등장하였다. 『槎餘』는 宮瀨龍門을 비롯한 古文辭派 문사들의 필담창화 기록이다. 『韓館唱和編』이다. 守山藩의 大名 松平賴寬과 그의 의관, 유관이 조선 문사와 나눈 필담창화집 『守山問槎錄』과 戶田淡路守의 長侍衛官 紀恭忠의 필담창화집 『琴臺問槎錄』를 묶어놓은 것이다. 1711년 『問槎二種』과 같은 형태로 볼 수 있다. 『桑韓鏘鏗錄』은 의원 13인의 필담창화 및 의학관련 필담을 모아놓은 것이다.

山宮雪樓의 『和韓筆談薰風編』, 宮瀨龍門의 『龍門先生鴻臚傾蓋集』, 松崎觀海의 『來庭集』, 合田德의 『韓槎壎篪集』, 橘元勳의 『橘先生仙槎筆談』, 直海衡齋의 『班荊閒譚』, 留守括囊의 『和韓文會』는 개인의 필담창화집이다. 이 필담창화집은 제자들이 정리해서 교정한 것이고 제자의 필담창화가 부록으로 들어가 있는 경우도 보인다. 이들 중에는 의원도 있기 때문에 의술에 관한 필담이 나오는 경우도 있으나 조선 문사들과 나눈 필담창화 전체를 묶은 것이기 때문에 의학필담으로 보기는 어렵다.

특정인의 특정 주제의 필담만을 모은 『對麗筆語』, 『桑韓醫問答』, 『韓客治驗』는 모두 의학문답이다.

1748년 간본 필담창화집의 특징은 일반문사의 개인 필담창화집이 매우 늘었고, 의학필담이 다수 출현한 점을 들 수 있다.

다음으로 사본 필담창화집을 살펴보면, 대체로 간본 ②③④의 형태를 띠고 있다.

『延享五年韓人唱和集』(3책), 『韓人唱和詩』(1책), 『韓人唱和詩集』(2책), 『星軺餘轟』(1책), 『鳴海驛唱和』(1책), 『蓬左賓館集』(1冊), 『蓬左賓館唱

和』(1冊)은 모두 나고야 蓬左文庫에 소장되어 있는 사본으로, 尾張藩에서 이루어진 필담창화집들이다. 『鳴海驛唱和』는 통신사가 머문 鳴海에서 이루어진 필담창화를 모아 놓은 것들이고, 나머지는 尾張藩 유관들의 필담들이 필사자의 편의에 따라 이리저리 엮여 있다. 萩藩의 『長門戊辰問槎』처럼 정리되어 간행되지 못한 형태들이라고 할 수 있다.

岡山藩 井上蘭臺의 『牛窓錄』, 姬路藩 河口靜齋의 『萍水草』, 福山藩 伊藤霞臺의 『萍交唱酬錄』도 儒官들의 기록으로, 통신사가 지날 때 접대하는 과정에서 이루어진 필담창화들이다.

矢崎永綏의 『鴻臚傾蓋編』, 桃生盛의 『縞紵稿』, 澁井孝德의 『獻紵稿』, 多縞宜의 『韓客對話贈答』, 今井崑山의 『賓館唱酬』는 에도에서의 필담창화 기록이다. 이들은 모두 大學頭를 따라 國學生徒를 표방하며 조선문사를 만났다. 大學頭 이하 30명 가량의 인물이 동석하였는데 각기 자신의 기록만을 따로 엮은 것이다.

『桑韓萍梗錄』과 『韓館筆語』는 간본 『韓館唱和編』의 『守山問槎錄』 부록에 실린 名越南溪의 기록과 거의 겹치는데, 간본보다 더 많은 내용을 담고 있다. 『守山問槎錄』은 편집되어 들어간 것이고 본래 名越南溪이 별도로 존재했으리라 짐작된다.

이외 의원들의 필담이 보이는데, 河村元東의 『朝鮮筆談』, 野呂元丈의 『朝鮮筆談』, 丹羽正伯의 『兩東筆語』는 에도에서 이루어진 의원들간의 필담이다. 이들은 막부에 소속된 의관들로서 良醫를 만나 의술과 本草에 관한 필담을 주고받았다. 이 가운데 河村元東의 『朝鮮筆談』은 간본 『桑韓醫問答』과 중복된다. 『桑韓醫問答』이 결권이어서 전체 내용을 완벽히 파악할 수는 없으나 필담 가운데 의술 관련만을 뽑아 간행이 된 것으로 추측된다.

　『延享韓使唱和』는 간본 『林家韓客贈答』과, 『延享槎餘』는 간본 『槎餘』와, 『韓客筆談』은 『橘先生仙槎筆談』과 일치한다. 이들 사본과 간본 사이에 선후가 있겠으나, 간본이 교정을 거치고 서문과 발문이 붙는 등 정리된 것이므로 缺本이 아닌 이상 간본을 善本으로 보아야 할 것이다.

(2) 1748년 필담창화의 양상

　필담창화집에 등장하는 일본 문인은 150여명에 달한다. 1719년보다 50% 가량 증가하였다. 문사의 숫자 뿐 아니라 개인 별 필담과 창수시의 양이 전보다 훨씬 증가한 것을 확인할 수 있다. 이 시기 일본 문사의 필담창화 양상은 다음과 같이 정리할 수 있다.

　첫째, 江戶의 儒臣들 및 藩의 儒官들과의 필담창화가 공고화되었다. 大學頭 뿐 아니라 이들을 따라 필담창화에 참여한 문사들의 필담창화도 독자적으로 엮어서 개인별 필담창화집이 상당수 발견된다. 萩藩이나 尾張藩처럼 연로에 있는 藩에서는 교체된 세대의 유관들이 필담창화에 참여하였는데, 그 기록을 필담창화집으로 엮거나 간행하는 일이 정기화된 것으로 보인다. 또 江戶에 머물고 있는 藩의 유관들도 상당수 조선 문사를 만난 것으로 확인되는데, 林家의 문인이 아니더라도 조선 문사를 만나는 데 제약이 없었던 것으로 보인다. 그만큼 한문을 담당하는 藩의 儒官들의 지위가 안정적이 되었다고 볼 수 있다.

　둘째, 막부나 藩에 속한 유관과 일반 문인의 경계가 모호해졌다. 藩

의 유관으로 있다가 致仕한 인물들이 유관들과 함께 조선 문사를 만
나는 경우가 종종 보인다. 이들 중에는 江戶로 올라와 私塾을 열고 제
자를 키우는 경우도 보이고 사숙 출신이 번의 유관으로 가는 경우도
있었다. 더 이상 한문 담당층이 林家 문인에 국한되지 않게 되었음을
보여준다. 1719년에 비해 제자들이 정리한 개인 필담창화집이 대거
등장하는 것도 그 증거의 하나라고 할 수 있다.

셋째, 程朱學 외에 다른 학맥이 생겨났다. 古義學은 이미 일찍부터
보였으나 교토 부근에 국한된 것이었다. 그런데 江戶에서 宮瀬龍門를
비롯한 古文辭派의 문사들이 함께 조선 문사를 만났다. 그 기록이 간
본 『槎餘』이다. 또 宮瀬龍門의 제자들이 그의 필담창화만 독자적으로
하여 『龍門先生鴻臚傾蓋集』를 편집해 간행하였다. 연로에서 만난 南
宮大湫와 井上蘭臺는 절충학자였다. 일본 유학이 程朱學 위주에서
벗어나 다른 학파를 등장하였는데, 이 학파에 속한 인물들이 그룹을
이루어 조선문사와 실제로 접촉하기 시작했던 것이다.

넷째, 의관들이 필담담당층으로 대거 등장하였다. 여기에는 막부의
정책이 작용하였다. 의관들은 大學頭가 제술관 일행과 필담창수를 나
누는 것처럼 막부의 명을 받고 10여인이 함께 良醫를 만나 필담을 통
해 조선 의학 서적에 대한 의문을 해결하려고 하였다. 이들이 모델로
삼은 것은 1711년 北尾春圃와 奇斗文 사이에 있었던 『桑韓醫談』이었
다. 河村元東은 이 필담창화집을 직접적으로 언급하기도 하였다.
1719년에도 吉宗의 명에 따라 4차례 필담이 행해졌다는 기록이 있지
만 따로 필담집이 전하지는 않는다. 아마도 그 사이 의학지식이 축적
되어 1748년에 와서 발현된 것이 아닌가 추측된다.

넷째, 승려 등 전통적인 한문 담당층이었던 계층의 필담창화집이 보이지 않는다. 『善隣風雅』에는 호행 승려였던 翠巖의 창화시나 伊勢神宮의 神官의 시가 발견된다. 그러나 1719년 月心의 경우처럼 독자적인 필담창화집이 보이지 않는다. 개인 필담창화집이 대거 등장하여 짧은 필담과 창수시라도 藩에 남아있는 것과 대비되는 현상이다. 이 시기에 이르면 한문 담당층이 거의 儒者들로 채워지게 되었던 것으로 보인다.

1748년 통신사 사행은 享保통신사와 20년 가까운 간격을 두고 이루어졌다. 상당한 시간이 흐른 뒤였기 때문에 일본 문인의 상황도 변화가 많았다. 한문 담당층이 유학자로 바뀐 동시에 광범위해졌고, 유학 안에서도 다양한 스펙트럼을 보여준다. 한편 조선의학에 대한 열망이 매우 강렬해져 의학 관련 필담이 여러 종 나오게 되었다.

5. 1763·64년 癸未·甲申/寶曆·明和 시기의 필담창화

(1) 1764년 시기의 필담창화집

1764년 필담창화집의 규모는 1748년과 비슷하다. 현재 간본 23종, 사본 20종이 소개되어 있다.

우선 간본을 앞의 방식대로 분류하면 다음과 같다.

① 전체를 망라한 것 : 『和韓雙鳴集』.
② 특정한 그룹의 필담창화를 선별해 묶은 것 : 『觀楓互詠』, 『鷄壇嚶鳴』, 『三世唱和』, 『殊服同調集』, 『靑丘傾蓋集』, 『長門癸甲問槎』, 『問槎餘響』.
③ 특정인의 필담창화를 망라한 것 : 『河梁雅契』, 『桑韓筆語』, 『南宮先生講餘獨覽』, 『東都筆談』, 『表海英華』, 『賓館唱和集』, 『栗齋鴻臚摭筆』,

『東槎餘談』.

③´ 특정인의 창화시를 망라한 것 : 『問佩集』, 『東遊篇』.

③˝ 특정인의 필담을 망라한 것 : 『兩好餘話』.

④ 특정 주제만을 편집한 것 : 『韓客人相筆語』, 『兩東鬪語』, 『倭韓醫談』, 『和韓醫話』.

이상을 살펴보면 몇 가지 변화를 발견할 수 있다. ①의 유형은 6권 5책의 『和韓雙鳴集』 1종이 보이는데, 정례적으로 거질의 필담창화집을 펴낸 奎文館에서 간행한 것이다. 그러나 안의 내용을 살펴보면, 『問佩集』, 『介園問槎』, 『仙水遊戲』, 『筑前藍島唱和』 등 여러 사람의 필담창화집과 필담기록이 함께 엮인 것이다. 더욱이 제 1권만 따로 간행된 大江玄圃의 『問佩集』이 현전한다. 『鷄林唱和集』의 형태보다는 ②의 형태에 가깝다고 할 수 있다. 1764년에 이르면 거질의 필담창화집보다는 개인이나 소수 그룹의 필담창화집이 더 선호되고 일반적인 형태가 되었다는 사실을 알 수 있다.

②의 유형을 살펴보면, 전통적으로 필담창화집이 간행되었던 萩藩의 유관들의 『長門癸甲問槎』은 물론이고 尾張藩의 『三世唱和』도 간본으로 등장하게 되었다. 유관이 아니더라도 같은 학맥의 문사들 기록인 『觀楓互詠』, 『鷄壇嚶鳴』 등도 보인다. 한 장소에서 이루어진 필담창화 기록인 『殊服同調集』과 동문 문사들의 기록인 『問槎餘響』처럼 일부 내용이 겹치는 간본도 보인다.

이전 사행에서 ③의 유형은 개인의 필담창화 기록을 망라하고 혹은 수행한 제자의 기록도 부록으로 올리는 형태를 보였다. 새로운 경향은

1764년에는 창화시와 필담의 분리된 형태가 등장한다. 『兩好餘話』는 奧田元繼의 필담 기록만을 엮은 것인데, 발문을 통해 현전하지는 않지만 창화 시집을 따로 엮었다고 밝히고 있다. 那波魯堂의 『東遊篇』은 창화시만을 묶어놓은 것으로, 같은 시기 있었던 필담을 엮어놓은 『朝鮮聘使問答筆記』가 있었던 흔적이 발견된다.

④의 형태는 의학 필담이 주류를 이룬다. 그런데 1764년에 새로운 주제의 필담집이 등장하는데, 통신사 일행의 관상을 다룬 『韓客人相筆語』이 그것이다.

1764년의 간본 필담창화집은 전체적으로 1748년과 비슷한 경향을 띤다. 전체를 망라한 필담창화집이 퇴조하고 개인별 필담창화집이 대체적인 형태로 굳어졌으며, 시화 필담의 분리되어 각각의 필담창화집으로 엮이는 경우가 등장하기 시작했다. 또 의학 외에도 관상학이라는 새로운 주제의 필담창화집이 등장하였다.

다음으로 1764년의 사본 필담창화집을 살펴보면, 1748년과 거의 같은 형태를 보인다. 첫째, 大學頭를 비롯한 林家 문인의 기록이 있다. 전체 창화시 및 필담이 집대성된 7권 7책의 『韓館唱和』가 있고, 澁井孝德의 『歌之照乘』과 『品川一燈』, 久保虠齋 의 『賓館唱和』, 山岸藏의 『甲申槎客接使錄』, 土田蚪墅의 『甲申韓客贈答』과 같이 참여했던 국학 생도의 개별적 필담창화집이 여러 종 보이는 것도 마찬가지이다. 둘째 , 특정 藩 문사들의 필담창화집이 있다. 岡山藩 유관들의 『甲申槎客萍水集』, 尾張藩 유관들의 『甲申韓人唱和』를 들 수 있다. 이때 참여했던 개인의 필담창화집도 보이는데, 岡山藩 井上四明의 『牛渚唱和集』이다. 셋째, 개인의 필담창화집이 있다. 『韓館應酬錄』, 『傾蓋

集』, 『傾蓋唱和集』, 『縞紵集』, 『鴻臚館和韓詩文稿』, 『鴻臚摭華』, 『松菴筆語』, 『萍遇錄』, 『來觀小華使臣詩集』, 『藍島唱和集』이 있다. 鳥山崧岳의 『寶曆甲申朝鮮人贈答錄』은 간본 『和韓雙鳴集』과 중복된다.

1764년 필담창화집의 전체적인 양상은 1743년과 비슷하지만 개인별로 필담창화집을 간행 또는 편집하는 경향이 강해지고 내용이 좀 더 세분화되는 면모를 보여준다.

(2) 1764년 필담창화의 양상

1764년 필담창화에 참여했던 문사의 숫자는 거의 정확히 알 수 있다. 당시 제술관이었던 南玉이 자신이 만나거나 서한을 주고받았던 일본 문사의 전체 명단을 使行日記인 『日觀錄』에 기록해 두었기 때문이다. 여기에 515명의 이름이 올라 있다. 일본문인들은 제술관의 시를 받아 두고 싶어 했기 때문에, 통신사행을 만났던 일본 문인의 규모는 여기에서 많이 벗어나지 않을 것이다. 이들 중 1/4 정도의 인물이 필담창화 기록을 남겼고 대부분은 개인의 필담창화 기록을 엮은 것이다. 이런 현상이 일어나게 된 이유를 다음과 같이 분석할 수 있다.

첫째, 개인의 필담창화 능력이 향상된 점을 들 수 있다. 즉석에서 한문으로 대화를 주고받고 차화운시를 짓는 것은 상당한 수련이 필요한 일이었다. 1711년에는 필담 없이 창화시만 남은 경우가 대부분이고 길게 이어지는 필담은 많이 보이지 않는다. 대응하는 문인 수가 적어 대응할 시간이 충분했는데도 필담의 양이 적은 것은 한문 작문에 능숙한 인물이 많지 않았기 때문이다. 그런데 1763년에 오면 필담의 양이 매우 늘어난다. 다수의 문인이 함께 한 자리에서도 이전에 비해 훨씬 많은 양의 필담이 오가게 된 것이다. 이는 한문 담당층이 두터워진 것 뿐 아니라 한문 작문에 익숙한 문사들이 늘어났기 때문이라고 할 수 있다.

둘째, 작가가 다양해졌다. 이전 시기 승려로서 독자적인 필담창화집은 護行을 하던 以酊庵 장로나 淸見寺 같은 특정 사찰의 승려에 불과했었다. 그런데 『東渡筆談』과 『萍遇錄』에서 보듯 필담창화를 위해 통신사 객관을 방문하는 승려의 필담창화집이 등장하였다. 또 관상가 新山退도 필담을 나누고 『韓客人相筆語』를 남겼다. 특히 오사카와 교토 지역을 중심으로 의원, 武官, 상인 등 다양한 직업을 가진 인물들이 필담창화 기록을 남겼다. 그만큼 한문학 혹은 유학이라는 것이 민간에까지 일본 지식인의 교양으로서 확산되었음을 보여준다.

셋째, 수준 높은 시를 요구하는 인물군이 등장하였다. 이 시기 幽蘭社, 混沌詩社 등에 속한 멤버들이 조선 문사를 만났다. 즉석에서 나누는 차화운시 자체가 목적이 된 경우라고 할 수 있다. 대표적으로 大江玄圃의 『問佩集』을 보면 名刺나 필담이 모두 빠져있고 순수하게 조선 문사와 주고받은 시만이 실려 있다. 또 통신사를 護行했던 那波魯堂의 경우에는 南玉 등에게 작품수가 많지 않더라도 좋으니 시간을 두고 시상을 다듬어 좋은 화운시를 달라고 부탁하였다. 조선문사에게 시를 받았다는 데 만족하지 않고 수준 있는 시를 받으려는 받으려는 욕구가 생겨난 것이다. 이 시기 시와 필담이 분리된 형태의 필담창화집도 등장하게 되는 배경에는 이처럼 한시를 연마하는 인물군이 있었기 때문이었다.

넷째, 필담의 내용이 俗化되는 경향이 보이기 시작한다. 상대의 무례한 태도에 화를 내거나 심지어 물건을 흥정하는 내용까지 필담에 보인다. 일상적인 대화까지 필담에 등장하게 된 것이다. 이는 양국 접촉의 제한이 느슨해지고 만날 수 있는 인물의 범위가 넓어진 데서 원인을 찾을 수 있다. 필담으로 소통이 가능한 일본의 일반 문인들은 제술관 및 서기 외에 軍官, 小童, 通事, 奴子까지 만날 수 있는 조선인과 필담을 시도했고 이 과정에서 간단하고 일상적인 필담이 오갔다. 今井松菴의 『松菴筆語』와 山田正珍의 『桑韓筆語』에서 두드러지게 보인다. 이들은 20대 초반의 젊은 의원으로 객관을 돌아다니며 여러 인물들과 필담을 나누고 이를 모두 기록하였다. 여기에서는 우아한 文會를 추구하는 17세기 문인들과 달리 한문이 단순한 소통의 도구로 사용될 뿐이다.

1764년이 되면 일본 한문학은 정점에 이르렀다고 보아야 할 것이다. 한학 혹은 유학은 더 이상 특정 계층의 전유물이 아니라 일반 지식인에게까지 광범위하게 익혀지는 교양의 하나가 되었다. 이 시기 藩校가 활성화되고 일반 사숙도 늘어가게 되는 현상은 대중의 욕구를 반영한다고 볼 수 있다. 일반인들 사이에 교양을 바탕으로 한시를 취미 활동의 일환으로 연마하는 시인들이 등장하였을 뿐 아니라 詩社도 결성되기 시작하였다. 이러한 일본 한문학의 사정은 통신사를 통한 교류에서도 반영되었다. 양쪽이 한문을 통해 동등하게 소통할 수 있는 능력을 함유하고 본격적인 교류를 시작할 수 있는 기반이 형성된 것이었다.

6. 結論

1711년 통신사를 護行했던 雨森芳洲의 기록에 250명가량 등장하나 1764년이 되면 515명이 된다. 필담창화집도 24종에서 43종으로 불어났다. 불과 52년 사이에 조선 문사가 경험한 일본 한문학의 규모는 두 배로 성장한 것이다. 이상에서 살펴 본 시기별 필담창화집을 바탕으로 18세기 통신사를 통한 조선과 일본, 양국 문사 교류의 흐름을 다음과 같이 정리할 수 있다.

1711년 제8차 통신사행과 1719년 제9차 통신사행을 통틀어 "시문창화의 시기"로 규정할 수 있다.

1711년 양국 문사 교류는 에도의 國學과 막부의 유신을 중심으로 이루어졌다. 湯島聖堂을 근거로 한 大學頭 문하생 그룹과 新井白石과 유신 七家가 조선 사행단의 제술관 및 서기들을 만나 나눈 시문창화가 이 시기의 주류라고 평가할 수 있다. 초기 시문창화를 주도했던 교토의 京學派 문사들과 더불어 林家에서 새로운 한문담당층을 배출해내고 있던 상황을 반영한다. 또한 林家를 중심으로 조선 문사와의 접촉이 통제되고 있었기 때문에 이미 제자를 배출해내고 있던 荻生徂徠의 蘐園 문인의 창화시가 많이 발견되지 않는 것으로 보인다. 1719년은 1711년의 경향이 좀 더 강화되고 확대되는 방향으로 진행되었다. 중앙의 林家와 연로의 藩 소속 儒官들의 시문창화가 정례화된 양상을 보인다. 교토와 오사카를 중심으로 상인, 승려, 의원 등의 접촉이 좀 더 개방되어가는 현상도 아울러 보인다.

이 시기 양국 문사 교류의 주된 목적은 시문 창화였다. 필담은 정중

한 인사말과 상대방에 관한 단순한 질문들이 주류를 이룬다. 1719년에 이르면 시를 짓는 방법, 시문의 평가에 대한 필담이 출현하는데, 이는 시문창화를 보조하는 역할을 한다. 대대적으로 배출된 일본문사들이 조선문사를 만나 차화운시를 받음으로써 한문능력을 검증하려고 했던 것이 일반적인 경향이었다.

1748년 제 10차 통신사행은 "필담이 대두되는 시기"로 규정할 수 있다. 필담창화집이 비약적으로 늘어나고 일본문사들의 계층도 다양해진다. 은퇴한 儒官이 생겨나고 일반 사숙에서도 儒官이 배출되어 儒官과 非儒官의 경계가 모호해졌고, 교토 京學派와 에도 林家의 宋學을 벗어나 다양한 학파가 등장하였다. 이들과 조선 문사의 교류는 여전히 시문창화가 주된 목적이기는 했지만 필담의 양이 매우 증가하게 된다. 단순 창화집에서 벗어나 상당한 양의 필담까지 함께 실린 필담창화집이 대거 등장하기 시작했다. 한편 막부의 의관들을 중심으로 의학 필담이 상당수 출현하였는데, 여기에서는 시문창화가 아예 배제되었다. 덧붙여 필담창화집의 원형은 1711년 新井白石의 『江關筆談』·『坐間筆語』와 北尾春圃의 『桑韓醫問答』에서 찾을 수 있다.

1764년 제 11차 통신사행은 "한문이 의사소통의 도구로 정착된 시기"로 규정할 수 있다. 이 시기 시문창화와 필담이 분리되는 경향을 보이기 시작한다. 古文辭派를 중심으로 詩論이 형성되었고, 교토와 오사카 등지에 詩社가 등장하였다. 시인의 입장에서 조선 문사와 문학적인 행위로서의 시문창화를 하려는 움직임이 생겨났다. 이에 따라 주고받은 창화시만을 모아 시집으로 간행한 형태의 필담창화집이 등장한다. 한편 필담을 통해 조선의 사정을 듣거나 학문적인 토론을 하기 위해 조선

문사와 만나는 경우가 생겨났다. 의원들의 필담은 1748년에도 있었는데, 儒官들이나 일반 학자들에게까지 마찬가지로 나타난다. 더 이상 조선 문사와의 필담창화가 한문 능력을 증명하기 위한 통과의례를 의미하지 않는 시기에 다다르게 된 것이다. 이에 따라 주로 개인의 필담창화집이 간행 혹은 편집되었으며, 제술관·서기·의원에 국한되었던 조선 문사의 범위도 군관·역관 등 넓어지게 되었다. 상대에 대해 비판적인 의식을 가지고 있기는 했지만 서로의 실체에 좀 더 가깝게 접근하기 시작했다고 평가할 수 있다.

필담창화집에 보이는 일본 문사의 계층과 변화 양상을 바탕으로 18세기 통신사를 통한 양국 문사 교류의 변천을 양상에 따라 세 시기로 나누고 대략적인 특징을 정리하였다. 앞으로 이러한 통시적 흐름을 전제로 하여 일본 문사의 학파나 지역, 계층별로 조선 문사와 어떻게 교류했는지 구체적인 양상에 대한 연구가 진행되어야 할 것이다.

〈要旨〉

十八世紀筆談唱和集の様相と交流担当層の変遷

　　本研究の目的は、18世紀に派遣された朝鮮通信使行を通して、日韓文士らの交流がどのような様相で変遷したのかを明かすことにあり、兩國文士らの交流の結果物である筆談唱和集をその分析對象とした。

　　1711年の24種、1719年の25種、1748年の40種、そして1764年の44種の筆談唱和集を對象とし、それぞれ、時期別に交流様相を分析した結果、変遷様相を‘詩文唱和の時期’、‘筆談が台頭する時期’、‘漢文が意思疎通の道具として定着する時期’の三つの時期に區分することができた。

〈表1〉 1711年 23種

書名	刊/写	分量	所蔵
鷄林唱和集	刊本	15卷8冊	韓國國立中央圖書館 外
七家唱和集	刊本	10卷10冊	日本國會圖書館 外
問槎二種	刊本	5卷5冊	韓國國立中央圖書館 外
兩東唱和錄	刊本	2卷2冊	ソウル大學図書館 外
兩東唱和後錄	刊本	1卷1冊	ソウル大學図書館 外
兩東唱和續錄	刊本	1卷1冊	ソウル大學図書館 外
槎客通筒集	刊本	3卷3冊	韓國國立中央圖書館 外
坐間筆語附江關筆談	刊本	1卷1冊	韓國國立中央圖書館 外
桑韓醫談	刊本	2卷2冊	國立公文書舘
縞紵風雅集	寫本	13卷8冊	雨森芳洲文庫
辛卯韓客贈答	寫本	1卷1冊	東京都立中央図書館
韓客贈答別集	寫本	1卷1冊	東京都立中央図書館

辛卯唱酬詩	寫本	1卷1冊	東京都立中央図書館
藍島倭韓筆語唱和	寫本	1卷1冊	九州大學図書館
韓使唱酬錄	寫本	1卷1冊	岩國徵古館
牛窓詩藻	寫本	1卷1冊	岡山市立圖書館
牛轉唱和詩	寫本	1卷1冊	岡山市立圖書館
正德和韓唱酬錄	寫本	1卷1冊	金澤市立圖書館
韓客酬唱錄	寫本	1卷	小倉家
山縣周南等與朝鮮信使唱酬筆語	寫本	1卷1冊	天理大學図書館
韓客詞章	寫本	1卷1冊	慈照院
朝鮮聘使唱和集	寫本	1卷1冊	清見寺
辛卯韓人來聘尾陽倡和錄	寫本	1卷1冊	蓬左文庫
正德和韓唱酬	寫本		福井市立 金澤市立図書館

〈表2〉1719年 25種

桑韓唱和塤篪集	刊本	11卷11冊	韓國國立中央図書館 外
桑韓唱酬集	刊本	4卷3冊	韓國國立中央図書館 外
桑韓唱酬集追加	刊本	1卷1冊	岡山縣立図書館
兩關唱和集	刊本	2卷2冊	韓國國立中央図書館 外
和韓唱和集	刊本	2卷2冊	日本國會図書館
桑韓星槎答響	刊本	2卷1冊	韓國國立中央図書館 外
桑韓星槎餘響	刊本	1卷1冊	韓國國立中央図書館 外
藍島鼓吹	刊本	1卷1冊	國立公文書館
客館璀粲集	刊本	2卷1冊	日本國會図書館
蓬島遺珠	刊本	2卷1冊	韓國國立中央図書館 外
梅所詩稿	刊本	2卷2冊	關西大學図書館
三林韓客唱和集	寫本	1卷1冊	日本國會図書館
朝鮮對詩集	寫本	2卷2冊	國立公文書館
朝鮮對話集	寫本	1卷1冊	國立公文書館
信陽山人韓館唱和稿	寫本	1卷	國立公文書館
藍島唱和集	寫本	1卷	福岡縣立図書館
航海獻酬錄	寫本	1卷1冊	東京都立図書館
航海唱酬竝筆語	寫本	1卷	熊本縣立図書館

航海唱酬	寫本	1卷	熊本縣立図書館
客館唱和附筆語	寫本	1卷	熊本縣立図書館
韓客筆語	寫本	1卷1冊	天理図書館
享保四年韓客唱和	寫本	1卷1冊	東京都立図書館
韓客酬唱錄	寫本	1卷	小倉家
德濟先生詩集附韓客贈答詩文稿	寫本	1卷1冊	岩國徵古館
葉庵筆語	寫本	1卷1冊	福井市立圖書館

〈表3〉 1748年 40種

善隣風雅·善隣風雅後篇	刊本	4卷4冊	韓國國立中央図書館
和韓唱和錄·和韓唱和附錄	刊本	3卷3冊	韓國國立中央図書館
林家韓客贈答	刊本	2卷2冊	國立公文書館
長門戊辰問槎	刊本	3卷3冊	韓國國立中央図書館
韓館唱和篇	刊本	2卷1冊	東京都立図書館
槎餘	刊本	1卷1冊	東北大學図書館
和韓筆談薰風編	刊本	5卷2冊	韓國國立中央図書館
龍門先生鴻臚傾蓋集	刊本	1卷1冊	日本國會図書館
韓槎壎篪集	刊本	3卷2冊	日本國會図書館
橘先生仙槎筆談	刊本	1卷1冊	日本國會図書館
班荊閒譚	刊本	2卷2冊	國立公文書館
和韓文會	刊本	2卷2冊	韓國國立中央図書館
桑韓鏘鏗錄	刊本	4卷3冊	國立公文書館
對麗筆語	刊本	1卷1冊	韓國國立中央図書館
桑韓醫問答	刊本	1卷1冊	國立公文書館
韓客治驗	刊本	1卷1冊	京都大學図書館
延享五年韓人唱和集	寫本	3卷3冊	蓬左文庫
韓人唱和詩	寫本	1卷1冊	蓬左文庫
韓人唱和詩集	寫本	2卷2冊	蓬左文庫
星軺餘矗	寫本	1卷1冊	蓬左文庫
鳴海驛唱和	寫本	1卷1冊	蓬左文庫
蓬左賓館集	寫本	1卷1冊	蓬左文庫
蓬左賓館唱和	寫本	1卷1冊	蓬左文庫

牛窓錄	寫本	1卷1冊	日本國會図書館
萍水草	寫本	1卷	祐德稲葉神社
萍交唱酬錄	寫本	2卷2冊	『朝鮮通信使と福山藩・鞆の津』
鴻臚傾蓋編	寫本	1卷1冊	柳川古文書館
縞紵稿	寫本	1卷1冊	東京都立図書館
獻紵稿	寫本	1卷1冊	國立公文書館
韓客對話贈答	寫本	1卷1冊	東京都立図書館
賓館唱酬	寫本	1卷1冊	日本國會図書館
來庭集	寫本	1卷1冊	國立公文書館
桑韓萍梗錄	寫本	1卷1冊	蓬左文庫
韓館筆語	寫本	1卷1冊	京都大學文學部
朝鮮筆談	寫本	2卷1冊	國立公文書館
朝鮮筆談	寫本	2卷2冊	國立公文書館
兩東筆語	寫本	6卷3冊	國立公文書館
延享韓使唱和	寫本	1卷1冊	國立公文書館
延享槎餘	寫本	1卷1冊	東京都立図書館
韓客筆譚	寫本	2卷2冊	國立公文書館

〈表4〉1764年 44種

和韓雙鳴集	刊本	6卷5冊	九州大學図書館
觀楓互詠	刊本	2卷2冊	中野三敏
鷄壇嚶鳴	刊本	1卷1冊	大阪府立図書館
三世唱和	刊本	1卷1冊	名古屋叢書
殊服同調集	刊本	1卷1冊	日本國會図書館
靑丘傾蓋集	刊本	2卷2冊	東北大學図書館
長門癸甲問槎	刊本	4卷4冊	東京都立図書館
問槎餘響	刊本	2卷2冊	韓國國立中央図書館
河梁雅契	刊本	1卷1冊	刈谷市立図書館
桑韓筆語	刊本	1卷1冊	國立公文書館
南宮先生講餘獨覽	刊本	1卷1冊	韓國國立中央図書館
東渡筆談	刊本	1卷1冊	國立公文書館
表海英華	刊本	1卷1冊	刈谷市立図書館
賓館唱和集	刊本	1卷1冊	京都大學図書館

栗齋鴻臚撫筆	刊本	3卷2冊	東京都立図書館
東槎餘談	刊本	2卷2冊	東北大學図書館
問佩集	刊本	1卷1冊	國立公文書館
東遊篇	刊本	1卷1冊	日本國會図書館
兩好餘話	刊本	2卷2冊	天理大學図書館
韓客人相筆語	刊本	1卷1冊	韓國國立中央図書館
兩東鬪語	刊本	2卷2冊	國立公文書館
倭韓醫談	刊本	3卷1冊	國立公文書館
和韓醫話	刊本	2卷1冊	國立公文書館
韓館唱和	寫本	7卷7冊	國立公文書館
歌之照乘	寫本	1卷1冊	國立公文書館
品川一燈	寫本	1卷1冊	國立公文書館
賓館唱和	寫本	1卷	日本國會図書館
甲申槎客接槎錄	寫本	1卷1冊	米國ハーバードエンチン図書館
甲申韓客贈答	寫本	1卷	祐德稻葉神社
甲申槎客萍水集	寫本	5卷1冊	日本國會図書館
甲申韓人唱和	寫本	2卷2冊	蓬左文庫
牛渚唱和集	寫本	2卷1冊	中野三敏
韓館應酬錄	寫本	1卷1冊	福島市立図書館
傾蓋集	寫本	1卷1冊	中野三敏
傾蓋唱和錄	寫本	1卷	日本國會図書館
縞紵集	寫本	2卷1冊	九州大學図書館
鴻臚館和韓詩文稿	寫本	1卷1冊	中野三敏
鴻臚撫華	寫本	1卷1冊	西尾市立図書館
松菴筆語	寫本	1卷1冊	國立公文書館
萍遇錄	寫本	2卷2冊	韓國國立中央図書館
來觀小華使臣詩集	寫本	1卷1冊	清見寺
藍島唱和集	寫本	1卷	福岡縣立図書館
寶曆甲申朝鮮人贈答錄	寫本	1卷1冊	福井市立図書館
快快餘響	寫本	2卷1冊	九州大學図書館

'詩文唱和の時期'には、1711年の第8次次和韻詩を交換することで、漢文の實力を試そうとしたのが、一般的な傾向と見られる。

'筆談が台頭する時期'は、1748年の第10次が該当する。引退した儒官が現れ、一般の私塾からも儒官が輩出された。これによって儒官と非儒官との境界が曖昧になり、京都の京學派と江戸の宋學の他にも、多くの學派が登場した。彼らと朝鮮文士らの交流は、以前として詩文唱和が主な目的だったが、筆談の數はかなり増加し、内容に關しても多様化した。医學に關する筆談が多く登場するのも、このような現象の延長線にあるといえる。

'漢文が意思疎通の道具として定着する時期'は、1764年の第11次使行がそれに当たる。この時期の筆談唱和集には、詩文唱和と筆談が分離される傾向が見受けられる。詩人の立場から、朝鮮文士との文學的な行爲として、詩文唱和を交わそうとする動きが現れる反面に、筆談を通して朝鮮の事情を知ったり、學問的な討論を目的として朝鮮文士と會うようになる。この時期になると、すでに、漢文の實力を試すための通過儀礼ではなくなる。

朝鮮通信使を通した日韓文士の交流は、日本の漢文學の担当階層の増加と、その水準が高まったことで、以上のように、通史的な変遷過程をたどった。

구지현 | 선문대학교 인문과학연구소

조선후기 통신사 필담창화집
번역총서를 간행하면서

20세기 초까지 한자(漢字)는 동아시아 사회의 공동문자였다. 국경의 벽이 높아서 사신 외에는 국제적인 교류가 불가능했지만, 문자를 통한 교류는 활발했다. 중국에서 간행된 한문 전적이 이천년 동안 계속 한국과 일본을 비롯한 주변 나라에 전파되었으며, 사신의 수행원들은 상대방 나라의 말을 못해도 상대방 문인들에게 한시(漢詩)를 창화(唱和)하여 감정을 전달하거나 필담(筆談)을 하며 의사를 소통했다.

동아시아 삼국이 얽혀 싸웠던 임진왜란이 7년 만에 끝난 뒤, 조선에 군대를 파견하였던 중국과 일본은 각기 왕조와 정권이 바뀌었다. 중국에는 이민족인 청나라가 건국되고 일본에는 도쿠가와 막부가 세워졌다. 조선과 일본은 강화회담이 결실을 맺어 포로도 쇄환하고 장군이 계승할 때마다 통신사를 파견하여 외교를 회복했지만, 청나라와에도 막부는 끝내 외교를 회복하지 못하고 단절상태가 계속되었다. 일본은 조선을 통해서 대륙문화를 받아들일 수밖에 없었고, 그 방법 중 하나가 바로 통신사를 초청할 때 시인, 화가, 의원 등의 각 분야 전문가를 초청하는 것이었다.

오백 명 규모의 문화사절단 통신사

연암 박지원은 천재시인 이언진(李彦瑱, 1740~1766)이 11차 통신사 수행원으로 일본에 다녀온 지 2년 만에 세상을 뜨자, 이를 애석히 여겨 「우상전」을 지었다. 그 첫머리에 일본이 조선에 다양한 전문가들로 구성된 문화사절단을 파견해 달라고 요청한 사연이 실려 있다.

일본의 관백(關白)이 새로 정권을 잡자, 그는 저축을 늘리고 건물을 수리했으며, 선박을 손질하고 속국의 각 섬들에서 기재(奇才)·검객(劍客)·궤기(詭技)·음교(淫巧)·서화(書畵)·여러 분야의 인물들을 샅샅이 긁어내어, 서울로 모아들여 훈련시키고 계획을 갖추었다. 그런 지 몇 달 뒤에야 우리나라에 사신을 파견해 달라고 요청하였는데, 마치 상국(上國)의 조명(詔命)을 기다리는 것처럼 공손하였다.

그러자 우리 조정에서는 문신 가운데 3품 이하를 골라 뽑아서 삼사(三使)를 갖추어 보냈다. 이들을 수행하는 사람들도 모두 말 잘하고 많이 아는 자들이었다. 천문·지리·산수·점술·의술·관상·무력으로부터 퉁소 잘 부는 사람, 술 잘 마시는 사람, 장기나 바둑 잘 두는 사람, 말을 잘 타거나 활을 잘 쏘는 사람에 이르기까지, 한 가지 기술로 나라 안에서 이름난 사람들은 모두 함께 따라가게 되었다. 그런데 이들 가운데서도 문장과 서화를 가장 중요하게 여기지 않을 수가 없었다. 왜냐하면 그들은 조선 사람의 작품 가운데 한 글자만 얻어도 양식을 싸지 않고 천리 길을 갈 수 있기 때문이었다.

도쿠가와 이에하루(德川家治)가 쇼군을 계승하자 일본 각 분야의 대표적인 인물들을 에도로 불러들여 조선 사절단 맞을 준비를 시킨 뒤, "마치 상국의 조서를 기다리는 것처럼 공손하게" 조선에 통신사를 요청하였다. 중국과 공식적인 외교가 단절되었으므로, 대륙문화를 받아들이기 위해 조선을 상국같이 모신 것이다. 사무라이 국가 일본에는 과거제도가 없기 때문에 한문학을 직업삼아 평생 파고든 지식인들이 적어서, 일본인들은 조선 문인의 문장과 서화를 보물같이 여겼다.

조선에서도 국위를 선양하기 위해 여러 분야의 문화 전문가들을 선발하여 파견했는데, 『계림창화집(鷄林唱和集)』이 출판된 8차 통신사(1711년) 때에는 500명을 파견했다. 당시 쓰시마에서 에도까지 왕복하는 동안 일본인들이 숙소마다 찾아와 필담을 나누거나 한시를 주고받았는데, 필담집이나 창화집은 곧바로 출판되어 널리 읽혔다. 필담 창화에 참여한 일본 지식인은 대륙의 새로운 지식을 얻었을 뿐만 아니라, 일본 사회에서 전문가로서의 위상도 획득하였다.

8차 통신사 때에 출판된 필담 창화집은 현재 9종이 확인되었으며, 필담 창화에 참여한 일본 문인은 250여 명이나 된다. 이는 7차까지 출판된 필담 창화집을 모두 합한 것보다 훨씬 많은 수인데, 통신사 파견이 100년 가까이 되자 일본에서도 한문학 지식인 계층이 두터워졌음을 알 수 있다. 8차 통신사에 참여한 일행 가운데 2명은 기행문을 남겼는데, 부사 임수간(任守幹)이 기록한 『동사록(東槎錄)』이나 역관 김현문(金顯門)이 기록한 또 하나의 『동사록』이 조선에 돌아와 남에게 보여주기 위해 일방적으로 쓴 글이라면, 필담 창화집은 일본에서 조선과 일본의 지식인들이 마주앉아 함께 기록한 글이다. 그리기에 타인의 눈을 통해 자신의 모습을 객관적으로 볼 수 있다.

16권 16책의 방대한 분량으로 다양한 주제를 정리한 『계림창화집』

에도막부 초기의 일본 지식인은 주로 승려였기에, 당연히 승려들이 통신사를 접대하고, 필담에 참여하였다. 그 다음으로 유자(儒者)들이 있었는데, 로널드 토비는 이들을 조선의 유학자와 비교해 "일본의 유학자는 국가에 이용가치를 인정받은 일종의 전문 지식인에 지나지 않았다"고 규정하였다. 그 가운데 상당수는 의원이었으므로 흔히 유의(儒醫)라고 하는데, 한문으로 된 의서를 읽다보니 유학에도 관심을 가지게 된 것이다. 이노 작스이(稲生若水)가 물고기 한 마리를 가지고 제술관 이현과 서기 홍순연 일행을 찾아가서 필담을 나눈 기록이 『계림창화집』 권5에 실려 있다.

이　현 : 이 물고기는 우리나라의 송어입니다. 조령의 동남 지방에 많이 있어, 아주 귀하지는 않습니다.

홍순연 : 이 물고기는 우리나라의 농어와 매우 닮았습니다. 귀국에도 농어가 있는지 모르겠지만, 이것과 같지 않습니까? 농어가 아니라면 내가 아는 물고기가 아닙니다.

남성중 : 이 물고기는 우리나라 송어입니다. 연어와 성질이 같으나 몸집이 작으며, 우리나라 동해에서 납니다. 7~8월 사이에 바다에서 떼를 지어 강으로 올라가는데, 몸이 바위에 갈려 비늘이 다 떨어져 나가 죽기까지 하니 그 성질을 모르겠습니다.

그는 일본산 물고기의 습성을 자세히 설명하고 조선에도 있는지 물었지만, 조선 문인들은 이 방면의 전문가들이 아니어서 이름 정도나

추정했을 뿐이다. 홍순연은 농어라고 엉뚱하게 대답하기까지 하였다. 조선 문인이라면 모든 것을 알 수 있을 것이라고 기대했기에 생긴 결과인데, 아직 의학필담으로 분화되기 이전의 형태다. 이 필담 말미에 이노 작스이는 이런 기록을 덧붙여 마무리했다.

『동의보감』을 살펴보니 "송어는 성질이 태평하고 맛이 달며 독이 없다. 맛이 진기하고 살지다. 색은 붉으면서 선명하다. 소나무 마디 같아서 이름이 송어이다. 동북쪽 바다에서 난다"고 하였다. 지금 남성중의 대답에 『동의보감』의 설명을 참고하니, '鮏'은 송어와 같은 것이다. 그러나 '송어'라는 이름은 조선의 방언이지, 중화에서 부르는 이름이 아니다. 『팔민통지(八閩通志)』(줄임) 『해징현지(海澄縣志)』 등의 책에 모두 송어가 실려 있으나, 모습이 이것과 매우 다르다. 다른 종류인데, 이름이 같을 뿐이다.

기록에서 보듯, 이노 작스이는 다수의 의견에 따라 이 물고기를 '송어'라고 추정한 후, 비교적 자세한 남성중의 대답과 『동의보감』의 기록을 비교하여 '송어'로 결론 내렸다. 그런 뒤에 조선의 '송어'가 중국의 송어와 같은 것인지 확인하기 위해 중국의 여러 지방지를 조사한 후, '송어'는 정확한 명칭이 아니라 그저 조선의 방언인 것으로 결론지었다. 양의(良醫) 기두문(奇斗文)에게는 약초를 가지고 가서 필담을 시도하였다.

稻生若水 : 이 나뭇잎은 세 개의 뾰족한 끝이 있고 겨울에 시들지 않으며, 봄에 가느다란 꽃이 핍니다. 열매의 크기는 대두만하고, 모여서 둥글게 공처럼 되며, 생길 때는 파랗고, 익으면 자흑색이 됩니다. 나무

에 진액이 있어 엉기면 향이 나고, 색이 붉습니다. 이름은 선인장 나무
입니다. (줄임)

　　기두문 : 이것이 진짜 백부자(白附子)입니다.

제술관이나 서기들이 경험에 의존해 대답한 것과 달리, 기두문은
의원이었으므로 자신의 지식을 바탕으로 확실하게 대답하였다. 구지
현박사의 연구에 의하면 이노 쟈스이는 『서물류찬(庶物類纂)』이라는
박물지를 편찬하기 위해 방대한 자료를 수집·고증하고 있었는데, 문
화 선진국 조선의 문인에게 서문을 부탁하여, 제술관 이현이 써 주었
다. 1,054권이나 되는 일본 최대의 백과사전에 조선 문인이 서문을 써
주어 권위를 얻게 된 것이다.

출판사 주인이 상업적인 출판을 위해 직접 필담에 참여하다

초기의 필담 창화집은 일본의 시인, 유학자, 의원 등 전문 지식인이
번주(藩主)의 명령이나 자신의 정보욕, 명예욕에 따라 필담에 나선 결
과물이지만, 『계림창화집』 16권 16책은 출판사 주인이 직접 전국 각
지역에서 발생한 필담 창화 원고들을 수집하여 출판한 것이다. 따라
서 필담 창화 인원도 수십 명에 이르며, 많은 자본을 들여서 출판하였
다. 막부(幕府)의 어용 서적을 공급하던 게이분칸(奎文館) 주인 세오겐
베이(瀨尾源兵衛, 1691~1728)가 21세 청년의 몸으로 교토지역 필담에 참
여해 『계림창화집』 권6을 편집하고, 다른 지역의 필담 창화 원고까지
모두 수집해 16권 16책을 출판했을 뿐 아니라, 여기에 빠진 원고들까

지 수집해『칠가창화집(七家唱和集)』10권 10책을 출판하였다.

　『칠가창화집』은『계림창화속집』이라고도 불렸는데, 7차 사행 때의 최대 필담 창화집인『화한창수집(和韓唱酬集)』4권 7책의 갑절 규모에 해당한다. 규모가 이러하니 자본 또한 막대하게 소요되어, 고쇼모노도코로(御書物所)인 이즈모지 이즈미노조(出雲寺 和泉掾) 쇼하쿠도(松栢堂)와 공동 투자하여 출판하였다. 게이분칸(奎文館)에서는 9차 사행 때에도『상한창화훈지집(桑韓唱和塤篪集)』11권 11책을 출판하여, 세오겐베이(瀬尾源兵衛)는 29세에 이미 대표적인 출판업자로 자리매김하게 되었다. 그러나 안타깝게도 38세에 세상을 떠나, 더 이상의 거질 필담 창화집은 간행되지 못했다.

필담창화집 178책을 수집하여 원문을 입력하고 번역한 결과물

　나는 조선시대 한문학 연구가 조선 국경 안의 한문학만이 아니라 국경 너머를 오가며 외국인들과 주고받은 한자 기록물까지 연구해야 한다는 생각으로, 첫 번째 박사논문을 지도하면서 '통신사 필담창화집'을 과제로 주었다. 구지현 선생은 1763년에 파견된 11차 통신사 구성원들이 기록한 사행록 9종과 필담창화집 30종을 수집하여 분석했는데, 박사학위를 받은 뒤에도 필담창화집을 계속 수집하여 2008년 한국학술진흥재단의 토대연구에『조선후기 통신사 필담창수집의 수집, 번역 및 데이터베이스 구축』이라는 과제를 신청하였다. 이 과제를 진행하면서 우리 팀에서 수집한 필담창화집 178책의 목록과, 우리가 예상

한 작업진도 및 번역 분량은 다음과 같다.

1) 1차년도(2008. 7.~2009. 6.)：1607년(1차 사행)에서 1711년(8차 사행)까지

연번	필담창화집 책 제목	면 수	1면 당 행수	1행 당 글자 수	예상되는 원문 글자 수
001	朝鮮筆談集	44	8	15	5,280
002	朝鮮三官使酬和	24	23	9	4,968
003	和韓唱酬集首	74	10	14	10,360
004	和韓唱酬集一	152	10	14	21,280
005	和韓唱酬集二	130	10	14	18,200
006	和韓唱酬集三	90	10	14	12,600
007	和韓唱酬集四	53	10	14	7,420
008	和韓唱酬集(결본)				
009	韓使手口錄	94	10	21	19,740
010	朝鮮人筆談幷贈答詩(國圖本)	24	10	19	4,560
011	朝鮮人筆談幷贈答詩(東京都立本)	78	10	18	14,040
012	任處士筆語	55	10	19	10,450
013	水戶公朝鮮人贈答集	65	9	20	11,700
014	西山遺事附朝鮮使書簡	48	9	16	6,912
015	木下順菴稿	59	7	10	4,130
016	鷄林唱和集1	96	9	18	15,552
017	鷄林唱和集2	102	9	18	16,524
018	鷄林唱和集3	128	9	18	20,736
019	鷄林唱和集4	122	9	18	19,764
020	鷄林唱和集5	110	9	18	17,820
021	鷄林唱和集6	115	9	18	18,630
022	鷄林唱和集7	104	9	18	16,848
023	鷄林唱和集8	129	9	18	20,898
024	觀樂筆談	49	9	16	7,056
025	廣陵問槎錄上	72	7	20	10,080
026	廣陵問槎錄下	64	7	19	8,512
027	問槎二種上	84	7	19	11,172

028	問槎二種中	50	7	19	6,650
029	問槎二種下	73	7	19	9,709
030	尾陽倡和錄	50	8	14	5,600
031	槎客通筒集	140	10	17	23,800
032	桑韓醫談	88	9	18	14,256
033	辛卯唱酬詩	26	7	11	2,002
034	辛卯韓客贈答	118	8	16	15,104
035	辛卯和韓唱酬	70	10	20	14,000
036	兩東唱和錄上	56	10	20	11,200
037	兩東唱和錄下	60	10	20	12,000
038	兩東唱和後錄	42	10	20	8,400
039	正德韓槎諭禮	16	10	18	2,880
040	朝鮮客館詩文稿(내용 중복)	0	0	0	0
041	坐間筆語附江關筆談	44	10	20	8,800
042	七家唱和集-班荊集	74	9	18	11,988
043	七家唱和集-正德和韓集	89	9	18	14,418
044	七家唱和集-支機閒談	74	9	18	11,988
045	七家唱和集-朝鮮客館詩文稿	48	9	18	7,776
046	七家唱和集-桑韓唱酬集	20	9	18	3,240
047	七家唱和集-桑韓唱和集	54	9	18	8,748
048	七家唱和集-賓館縞紵集	83	9	18	13,446
049	韓客贈答別集	222	9	19	37,962
예상 총 글자수					589,839
1차년도 예상 번역 매수 (200자원고지)					약 8,900매

2) 2차년도(2009. 7.~2010. 6.) : 1719년(9차 사행)에서 1748년(10차 사행)까지

연번	필담창화집 책 제목	면수	1면 당 행수	1행 당 글자 수	예상되는 원문 글자 수
050	客館璀璨集	50	9	18	8,100
051	蓬島遺珠	54	9	18	8,748
052	三林韓客唱和集	140	9	19	23,940
053	桑韓星槎餘響	47	9	18	7,614

054	桑韓星槎答響	106	9	18	17,172
055	桑韓唱酬集1권	43	9	20	7,740
056	桑韓唱酬集2권	38	9	20	6,840
057	桑韓唱酬集3권	46	9	20	8,280
058	桑韓唱和塤篪集1권	42	10	20	8,400
059	桑韓唱和塤篪集2권	62	10	20	12,400
060	桑韓唱和塤篪集3권	49	10	20	9,800
061	桑韓唱和塤篪集4권	42	10	20	8,400
062	桑韓唱和塤篪集5권	52	10	20	10,400
063	桑韓唱和塤篪集6권	83	10	20	16,600
064	桑韓唱和塤篪集7권	66	10	20	13,200
065	桑韓唱和塤篪集8권	52	10	20	10,400
066	桑韓唱和塤篪集9권	63	10	20	12,600
067	桑韓唱和塤篪集10권	56	10	20	11,200
068	桑韓唱和塤篪集11권	35	10	20	7,000
069	信陽山人韓館倡和稿	40	9	19	6,840
070	兩關唱和集1권	44	9	20	7,920
071	兩關唱和集2권	56	9	20	10,080
072	朝鮮人對詩集1권	160	8	19	24,320
073	朝鮮人對詩集2권	186	8	19	28,272
074	韓客唱和/浪華唱和合章	86	6	12	6,192
075	和韓唱和	100	9	20	18,000
076	來庭集	77	10	20	15,400
077	對麗筆語	34	10	20	6,800
078	鳴海驛唱和	96	7	18	12,096
079	蓬左賓館集	14	10	18	2,520
080	蓬左賓館唱和	10	10	18	1,800
081	桑韓醫問答	84	9	17	12,852
082	桑韓鏘鏗錄1권	40	10	20	8,000
083	桑韓鏘鏗錄2권	43	10	20	8,600
084	桑韓鏘鏗錄3권	36	10	20	7,200
085	桑韓萍梗錄	30	8	17	4,080
086	善隣風雅1권	80	10	20	16,000
087	善隣風雅2권	74	10	20	14,800
088	善隣風雅後篇1권	80	9	20	14,400

089	善隣風雅後篇2권	74	9	20	13,320
090	星軺餘轟	42	9	16	6,048
091	兩東筆語1권	70	9	20	12,600
092	兩東筆語2권	51	9	20	9,180
093	兩東筆語3권	49	9	20	8,820
094	延享五年韓人唱和集1권	10	10	18	1,800
095	延享五年韓人唱和集2권	10	10	18	1,800
096	延享五年韓人唱和集3권	22	10	18	3,960
097	延享韓使唱和	46	8	14	5,152
098	牛窓錄	22	10	21	4,620
099	林家韓館贈答1권	38	10	20	7,600
100	林家韓館贈答2권	32	10	20	6,400
101	長門戊辰問槎상권	50	10	20	10,000
102	長門戊辰問槎중권	51	10	20	10,200
103	長門戊辰問槎하권	20	10	20	4,000
104	丁卯酬和集	50	20	30	30,000
105	朝鮮筆談(元丈)	127	10	18	22,860
106	朝鮮筆談1권(河村春恒)	44	12	20	10,560
107	朝鮮筆談1권(河村春恒)	49	12	20	11,760
108	韓客對話贈答	44	10	16	7,040
109	韓客筆譚	91	8	18	13,104
110	韓人唱和詩	16	14	21	4,704
111	韓人唱和詩集1권	14	7	18	1,764
112	韓人唱和詩集1권	12	7	18	1,512
113	和韓文會	86	9	20	15,480
114	和韓唱和錄1권	68	9	20	12,240
115	和韓唱和錄2권	52	9	20	9,360
116	和韓唱和附錄	80	9	20	14,400
117	和韓筆談薰風編1권	78	9	20	14,040
118	和韓筆談薰風編2권	52	9	20	9,360
119	鴻臚傾蓋集	28	9	20	5,040
예상 총 글자수					723,730
2차년도 예상 번역 매수 (200자원고지)					약 10,850매

3) 3차년도(2010. 7.~ 2011. 6.) : 1763년(11차 사행)에서 1811년(12차 사행)까지

연번	필담창화집 책 제목	면수	1면당 행수	1행당 글자수	예상되는 원문 글자수
120	歌芝照乘	26	10	20	5,200
121	甲申槎客萍水集	210	9	18	34,020
122	甲申接槎錄	56	9	14	7,056
123	甲申韓人唱和歸國1권	72	8	20	11,520
124	甲申韓人唱和歸國2권	47	8	20	7,520
125	客館唱和	58	10	18	10,440
126	鷄壇嚶鳴 간본 부분	62	10	20	12,400
127	鷄壇嚶鳴 필사부분	82	8	16	10,496
128	奇事風聞	12	10	18	2,160
129	南宮先生講餘獨覽	50	9	20	9,000
130	東渡筆談	80	10	20	16,000
131	東槎餘談	104	10	21	21,840
132	東游篇	102	10	20	20,400
133	問槎餘響1권	60	9	20	10,800
134	問槎餘響2권	46	9	20	8,280
135	問佩集	54	9	20	9,720
136	賓館唱和集	42	7	13	3,822
137	三世唱和	23	15	17	5,865
138	桑韓筆語	78	11	22	18,876
139	松菴筆語	50	11	24	13,200
140	殊服同調集	62	10	20	12,400
141	快快餘響	136	8	22	23,936
142	兩東鬪語乾	59	10	20	11,800
143	兩東鬪語坤	121	10	20	24,200
144	兩好餘話상권	62	9	22	12,276
145	兩好餘話하권	50	9	22	9,900
146	倭韓醫談(刊本)	96	9	16	13,824
147	倭韓醫談(寫本)	63	12	20	15,120
148	栗齋探勝草1권	48	9	17	7,344
149	栗齋探勝草2권	50	9	17	7,650
150	長門癸甲問槎1권	66	11	22	15,972

151	長門癸甲問槎2권	62	11	22	15,004
152	長門癸甲問槎3권	80	11	22	19,360
153	長門癸甲問槎4권	54	11	22	13,068
154	萍遇錄	68	12	17	13,872
155	品川一燈	41	10	20	8,200
156	表海英華	54	10	20	10,800
157	河梁雅契	38	10	20	7,600
158	和韓醫談	60	10	20	12,000
159	韓客人相筆話	80	10	20	16,000
160	韓館應酬錄	45	10	20	9,000
161	韓館唱和1권	92	8	14	10,304
162	韓館唱和2권	78	8	14	8,736
163	韓館唱和3권	67	8	14	7,504
164	韓館唱和續集1권	180	8	14	20,160
165	韓館唱和續集2권	182	8	14	20,384
166	韓館唱和續集3권	110	8	14	12,320
167	韓館唱和別集	56	8	14	6,272
168	鴻臚摭華	112	10	12	13,440
169	鷄林情盟	63	10	20	12,600
170	對禮餘藻	90	10	20	18,000
171	對禮餘藻(明遠館叢書 57)	123	10	20	24,600
172	對禮餘藻(明遠館叢書 58)	132	10	20	26,400
173	三劉先生詩文	58	10	20	11,600
174	辛未和韓唱酬錄	80	13	19	19,760
175	接鮮瘖語(寫本)1	102	10	20	20,400
176	接鮮瘖語(寫本)2	110	11	21	25,410
177	精里筆談	17	10	20	3,400
178	中興五侯詠	42	9	20	7,560
예상 총 글자수					786,791
3차년도 예상 번역 매수 (200자원고지)					약 11,800매

1차년도에는 하우봉(전북대) 교수와 유경미(일본 나가사키국립대학) 교수를 공동연구원으로 하여 고운기, 구지현, 김형태, 허은주, 김용흠 박

사가 전임연구원으로 번역에 참여하였다. 3년 동안 기태완, 이지양, 진영미, 김유경, 김정신, 강지희 박사가 연구원으로 교체되어, 결국 35,000매나 되는 번역원고를 마무리하였다.

일본식 한문이 중국식 한문과 달라서 특히 인명이나 지명 번역이 힘들었는데, 번역문에서는 독자들이 읽기 쉽도록 한국식 한자음으로 표기하고, 첫 번째 각주에서만 일본식 한자음을 표기하였다. 원문을 표점 입력하는 방법은 고전번역원에서 채택한 방법을 권장했지만, 번역자마다 한문을 교육받고 번역해온 과정이 다르기 때문에 재량을 인정하였다. 원본 상태를 확인하려는 연구자를 위해 영인본을 뒤에 편집하였는데, 모두 국내외 소장처의 사용 승인을 받았다.

원문과 번역문을 합하여 200자원고지 5만 매 분량의『조선후기 통신사 필담창화집 번역총서』를 12,000면의 이미지와 함께 편집하고 4차에 나누어 10책씩 출판하는 과정이 복잡하고 힘들었기에, 연세대학교 정갑영 총장에게 편집비 지원을 신청하였다.『조선후기 통신사 필담창수집 번역본 30권 편집』정책연구비(2012-1-0332)를 지원해주신 정갑영 총장에게 감사드린다.

『조선후기 통신사 필담창화집 번역총서』를 편집하는 과정에 문화재청으로부터『통신사기록 조사 및 번역, 데이터베이스 구축』연구용역을 발주받게 되어, 필담창화집을 비롯한 통신사 관련 기록을 세계기록유산으로 등재하는 작업에 참여하게 된 것도 기쁜 일이다. 통신사 관련 기록들이 모두 데이터베이스로 구축되어 국내외 학자들이 한일문화교류, 나아가서는 동아시아문화교류 연구에 손쉽게 참여하게 된다면『통신사 필담창화집 번역총서』의 사명을 다하는 것이라고 생각한다.

조선후기 통신사가 동아시아 문화교류 연구에 중요한 이유는 임진 왜란 이후에 중국(청나라)과 일본의 단절된 외교를 통신사가 간접적으 로 이어주었기 때문이다. 통신사 필담창화집 번역총서 60권 출판이 마 무리되면 조선후기에 한국(조선)과 중국(청나라) 지식인들이 주고받은 척독집 40여 권도 데이터베이스로 구축하여, 일본에서 조선을 거쳐 청 나라로 이어지는 '동아시아 문화교류의 길' 데이터베이스를 국내외 학 자들에게 제공하고자 한다.

▋ **기태완**(奇泰完)

중앙대학교 문예창작과 졸업.

성균관대학교 국어국문학과 석사·박사 졸업. 문학박사.

홍익대학교 겸임교수와 연세대학교 연구교수 역임.

저서로 『황매천시연구』, 『곤충이야기』, 『한위육조시선』, 『당시선』上·下, 『천년의 향기-한시
산책』, 『화정만필』, 『송시선』, 『요금원시선』, 『명시선』 등이 있고, 역서로는 『거오재집』, 『동
시화』, 『정언묘선』, 『고종신축의궤』, 『호응린의 역대한시 비평-시수』, 『퇴계 매화시첩』, 『심
양창화록』, 『집자묵장필유』 8책 등이 있다.

조선후기 통신사 필담창화집 번역총서 30
和韓筆談 薰風編

2014년 8월 28일 초판 1쇄 펴냄

역 자 기태완
발행인 김흥국
발행처 도서출판 보고사

등록 1990년 12월 13일 제6-0429호
주소 서울특별시 성북구 보문동7가 11번지 2층
전화 922-5120~1(편집), 922-2246(영업)
팩스 922-6990
메일 kanapub3@naver.com
http://www.bogosabooks.co.kr

ISBN 979-11-5516-305-4 94810
      979-11-5516-055-8 (세트)

ⓒ 기태완, 2014

정가 24,000원

이 도서의 국립중앙도서관 출판예정도서목록(CIP)은 서지정보유통지원시스템 홈페이지
(http://seoji.nl.go.kr)와 국가자료공동목록시스템(http://www.nl.go.kr/kolisnet)
에서 이용하실 수 있습니다. (CIP제어번호 : CIP2014024685)

.